飛鳥クリニックは今日も雨

下

Z李

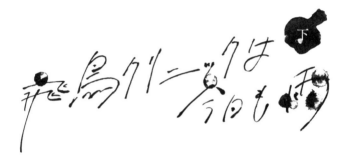

この物語はフィクションです。
登場人物、団体等はすべて架空のものです。

間近で聞く救急車の音は、俺から冷静さを奪う。

けたたましく鳴るサイレンの音圧から逃げるように、俺はマンション脇にある駐輪場へと身を潜めた。

純ちゃんと美香を先に北新宿にある俺の部屋に行かせ、自分だけ残ったのには、当然理由がある。突発的なアクシデントだったとはいえ、刃傷沙汰《にんじょうざた》が起きてしまった東中野の援デリの箱がこのあと、どうなるか見届ける必要があったからだ。

特に気になるのが、武村の容態だ。やつの傷が癒えた時のことを考えると暗澹たる気持ちになる。あいつのことだから、病院のベッドから若い衆に道具持たせて走らせるなんてシチュエーションも、考えられなくはない。

《いっそ死んじまってたほうが、ありがてえなあ》

頭の中にそんなことが浮かんだ。でも、ツレの舎弟が生きている以上、武村が死んだからといって事態が好転するわけでもない。

とにかく、次の場面が大変そうだ。厄介な野郎にツラ見せちまったもんだよな。

マンションは外廊下なので、上の様子が丸見えなのは助かった。救急車から飛び出した消防隊員が担架とともにエレベーターへ乗り込んでいく姿を、集まってきた野次馬に紛れながら俺は目で追っていた。

エレベーターが4階、事務所があるフロアに止まると、救急隊員たちは1秒を争うかの素早さで、問題のあった部屋へ吸い込まれていった。騒ぎを察知したのだろう、403号室の周りの部屋の電気が次々と点いていく。それが不思議と美しい。明け方の東中野でこんな光景を見ることになるとはな。

妙な感傷に浸っていた俺の意識を呼び戻したのは、唸るような怒号だった。

「兄貴！　兄貴ぃぃぃ！　目を開けてくれよ！」

俺がやり合った武村の舎弟だ。担架に乗せられた武村の耳元でむせび泣いている。あの格闘ヤクザはもう動けるのか。武村が復活しようとしまいと、あいつが俺に返しを入れてくるのは確定だ。カタギにへこまされて報復しないなんてのは、メンツを考えたらありえないことで、近い未来に揉める場面が起きるのはGOGO！ランプが光ったジャグラーが当たるくらい、当たり前のことだ。

十分な距離があるとはいえ、顔を見られるのはまずい。より目立たない物陰へと身を潜めた俺だったが、目の前に数台の車が突如現れ、急停止した。乱暴に開いたドアから複数の男たちが降りてきて、エレベーターホールに吸い込まれていく。

あれは刑事だろうか。どこぞの体育大学でも出てるのか、やたら胸板の厚いのが数人、きびきびと動いていた。

それはそうだよな。ヤクザが管理売春しているアジトで刺されて重傷を負ったわけだから、こういう話にはなる。このスピードで急行してきたということは、ある程度ヤサバレしていたのかもしれねえな。

ほどなくパトカーも到着し、現場周辺は物々しい雰囲気に包まれた。

規制線こそ張られてはいないが、エレベーターから救急車までの動線は刑事と救急隊員によって確保され、武村を緊急搬送する準備が着々と整えられていく。


ポケットに入れていた携帯が鳴った。純ちゃんだった。

「リーくんの部屋、着いたぜ。トレインスポッティングのポスターなんか貼っちゃって、映画好きなのか？　俺はどっちかっていうとエロビデオ派だけど」

すっかりいつもの純ちゃんだった。こっちの緊迫感も知らずに呑気なやつだよ。

ただまあ、これも強がりなのかもしれない。こいつが知りたいのは兄貴の容態のはずで、俺だってそれを確認するためにリスクを冒してわざわざ残っているんだ。

「純ちゃん、今救急車が来た。それと警察も。お兄さんの容態はまだハッキリしねえが、ピンピンしてるってわけではなさそうだ。もうじき救急車で運ばれるだろうから、わかったらまた連絡するよ」

相棒にそう伝え、電話を切った。明け方だというのに、野次馬の数は増える一方だ。マンションや近くの住人たちが1階付近に集まってきて、適当な噂話をしながら事の成り行きを見守っている。

「そこ開けてくださいっ！」

救急隊員の怒鳴り声が響き渡った。武村を乗せた担架がエレベーターからこちらに向かってくる。刺された傷はどの程度なのか？　回復するとしたらその期間は？　あるいは、死んでしまった可能性は？　そんなことを考えながら、武村の容態を知るために担架をのぞこうと身を乗り出すと、最悪なことが起きた。目が合ってしまったんだ。武村と。

俺を見つけた武村の表情に力はなく、だが、飛びっきり不気味に笑って見せた。真冬だというのに、背中に嫌な汗が滲んでくる。

野次馬をかき分けて抜け出した反対車線からマンションを振り返ると、住人に交じって見知った顔を見つけた。ヨレヨレのブルゾンにチェックのシャツ。どこのメーカーかよくわからないスニーカー。少し上がった額は年を感じさせるが、職業不詳なオーラが全身から漏れてしまっている男。木村のオッサンだった。

いつからここに来ていたのか。遠巻きに様子を見ている木村のオッサンは完全に無防備だ。場面は寒いが、こうなると取っ捕まえるしかない。

だが、パトカーや救急車がお盆終わりの高速道路みてえに渋滞している今はちょっときつい。ここで口論なんかしようもんなら、「ちょっとちょっと、お兄さん」ってなること請け合いだもんな。

木村のオッサンを見逃さないように、まずは救急車が搬送し終わるのを待った。ひとり、ふたりと野次馬は減っていくが、あいつはまだいた。時たまポケットから携帯電話を出しては、現場の写真を撮ったりしている。

部屋の中にはまだ援デリボーイや女もいるし、警察が連中を引っ張る前に現場検証もあるだろうから、すぐにはここを動かないはずだ。

救急車のハッチが締まり、武村と付き添いの舎弟はすぐにでも出発しそうな状況だ。

《このタイミングだな》

まばらになった人混みの中、背後から木村のオッサンに近づいた俺は、肩を組むように右肩に手をかける。

「よう、奇遇だな」

あっと驚いた顔をした木村は、そこから逃げるでもなく固まった。

こういう場合、反射的に逃げられるやつは少ない。

会いたくねえ人間に会っちまった時ってのは、まず体が固まるんだよな。蛇に睨まれた蛙。いや、こいつは古ダヌキか。タヌキのくせにキツネみたいに狡猾だってんだから、救いようがないよ。

「何黙ってんだよ。もう武村はいないぜ。何か俺に言うこと、あんだろ？」

こいつがジグソーパズルの最後のピースだ。かといって、さかさまにしたらまたバラバラになっちまう。そんな不安定なものだけど、とにかく一度は完成させねえと全体像を見ることはできない。

どうせ、汚ねえ絵が描かれてるんだろうけどな。

俺は木村の鎖骨に指を強く、めり込ませた。

＊

木村のオッサンの見苦しさといったら、相当なものだった。しどろもどろに言い訳を始めたんだ。

「リーくん、話聞いてくれよ。俺だって売りたくて売ったんじゃないよ！　あんな恐ろしぃのに、四六時中はっつかれたらさ。とにかく金、金って言われて……仕方なかったんだ。リーくんならわかるだろ？」

この期に及んでこんなヨタが通らないのは当然なんだけど、必死でしゃべる木村のオッサンの上っ面は、俺が付き合いしていた頃と同じに見えなくはない。掴みどころがなく、気弱で、それでも器用に裏稼業で凌いでいた、あの木村のオッサンなんだよな。

だが武村にはっつかれていたとはいえ、連絡の一本くらいできたはずだし、そもそも俺が借金を押し付けられたのは、こいつが飛んでそのケツが回ってきたって筋書だった。おかしなことだらけ、なわけ。

「お前なあ。武村が怖かったからだなんて、そんなの通ると思ってるのか？　さっきまであの部屋に誰と誰が集まってたかくらい、わかってんだろ？　俺がお前の言い訳を真に受けるとでも思ってんのかよ」

喧騒が収まって人通りが減ったマンションの部屋を指差し、俺は木村に言った。

「それはさあ。さっきも言っただろ？　武村さんにそうしろって言われたら、俺だって逆らえないよ。リーくんがどこまで聞いたかわかんないけど、最初に事務所に乗り込まれた時に、身分証から何から取られちまったのよ。箱だって武村さんが仕切るようになって……毎月上納のノルマがあって、達成しないと何やってでも金作ってこいって命令されるんだ。リーくんだけじゃないのよ。つながってた人間、何人もシノギの的にされたんだから。本当なんだって」

木村のオッサンは、嘘とも本当ともとれることを真顔で言う。

でもよ。思えば俺はこいつのことなんか深く知らねえんだ。板や名簿、たまにネタを売ったり買ったりしていただけ。腹を割って飲み明かした夜があるわけでもない。ただ、薄いつながりをしばらくの年月保ったってだけ。それだけで近しい人間と錯覚してしまう、それはこの街ではよくあるタイプの人間関係なのかもしれない。

よく考えたら、こいつを信じてやる義理もない。

「ケータイ出せよ、ケータイ」

どうせ、ここに入ってる。こいつのベシャリを聞いたところで埒《らち》は明かないし、言い訳を聞くなら言い逃れのできない証拠を見つけてから聞いたほうがマシだ。

「ケータイ、ね。今持ってないんだ。家に置いてきちゃって」

木村がそう言いだした瞬間には、すでに俺はポケットの膨らみを見つけていた。

「そうか。じゃあこれなんだよ。まさかＰＨＳです、とでも言うつもりか？」

「ちょっと、それは待ってよ。勝手に見られたらこっちだって気悪いだろ」

取られた携帯を取り返そうと伸ばしてくる手を振り払い、俺は受信メール一覧を開いた。

「ちょっと待ってくれよ。勝手にさわ……」

しつこく携帯を取り戻そうとする木村に、左手でのど輪を締めた。もちろん周囲を警戒したうえで。

サツやギャラリーは、もうここにはいない。とはいえ、静かになったこの住宅街に新たな喧騒を起こすわけにもいかない。木村のオッサンに騒がれても困る俺は、懐柔策となるひと言を放つ。

「まあよ。俺もあんたのこと嫌いでこうしてるわけじゃねえんだ。知りてえことがあるだけ。仮にあんたが俺を武村に売っていたとしたって、どうこうしようって話じゃねえから。わかるよな？」

できれば移動もしたい。明け方の住宅街でオッサンとこんな押し問答を激しくするのは、どっからどう見てもおかしいもんな。

「ちょっと歩こうぜ？　通りで車拾うから、俺んちでも行って、答え合わせしようか。繰り返しになるけどよ、別にあんたが俺をハメてたでもいい。俺はスッキリしてえだけだからさ。わかるだろ？　俺の性格。もう何年かの付き合いなんだから」

上っ面の優しい言葉を投げた。今の状況の中で起こりうる、最大限の譲歩をしたかんじの演出だ。

木村は納得したとはまた違う表情だが、俺の茶番を信用したのか、抵抗をやめた。念のため、腰のベルトを握ってはいるが逃げ出す素振りも見せなくなった。


歩きながら木村の携帯を弄《いじ》る俺は、新しい日付順に受信メールを開く。「ボス」という名前の差出人から矢のようにメールが飛んでいた。

内容は売り上げ報告の催促や、ノルマ達成を煽るようなもの。それに女を増やせというのが主だった。これは武村だろう。

「あんたさあ。自分の店を乗っ取った人間をボスだなんて、恥ずかしくねえのかよ。そこまでシッポ振ってよ。完全に犬じゃねえか」

「そう言わないと怒るんだって。あの人と会ったなら、それくらいわかるだろ？」

「なるほどな。ボスに雁字搦《がんじがら》めってのは、本当だったわけね。それにしても、えらい件数だな、これは。で、俺を引っかけようとするくだりはどこにあるんだよ。めんどくせえから自分から言っちまえよ」

軽いカマシを入れながら、朝の山手通りへと歩く。タバコの空き箱を捨てる――なんて歌があったよな。

このメールを読み進めると、美香と木村の見たくもないやりとりが出てくるであろうことを想像すると、緊張感で煙がほしくなる。開店前から並んだパチンコ屋で台に座って最初の1回転を回す前の、あの感覚だ。さらに金がない時のそれ。勝てるビジョンよりも、負けたらどうしようって不安からスパスパと吸っちまう、あれに近いかもしれない。

そんなことを考えていたら、もう山手通りだ。しばらく待つと空車のタクシーが来たので、木村の携帯を掴んだまま手を上げた。

「これで行くか。オッサン、先に乗れよ」

木村が逃げないよう後部座席の奥に座らせたかった俺はタクシーに乗るよう促し、木村もそれに従った、かに見えた。

「強盗！　この人、強盗です。早く出してッ！」

タクシーに乗り込むやいなや、中からドアを手動で閉めた木村は運転手にそう叫び、うろたえた運転手は木村の勢いに押されて発進。タクシーは朝の山手通りに消えていった。

やられた。この土壇場で猫かぶりをしていた木村に出し抜かれるとは、完全に俺の下手打ちだ。木村は従順になった猫のフリをして、虎視眈々《こしたんたん》と脱出の機会をうかがっていたんだ。

明け方の環状6号線。手繰り寄せた糸を自ら離してしまった俺の首元に汗が滲むのは、無駄とわかってタクシーを追いかけたからではない。

やっちまった。ここぞって時に、俺はいつも決めきれない。賭場《とば》も戦場も家に帰るまでが遠足だってのによ。

手元に野郎の携帯が残ったことだけが救いだ。パンドラの箱に残された、唯一の希望だ。

＊

木村にとっては、天から垂らされた蜘蛛《くも》の糸に見えたのかもしれない。やつが飛び乗ったタクシーはすでに視界から消え、取り残された俺は、バス停のベンチに腰をかけてタバコを咥えた。人を強盗犯呼ばわりして運転手を焚きつけるとは、油断も隙もありゃしねえよ。

それでも十分な戦利品が俺の手の中にある。木村の皮脂がベッタリとついた、パールホワイトのふたつ折り携帯。50近いオッサンが使うにはそぐわないが、これは若者ウケを狙っているのか、ガワを選べない飛ばしだったのか。

メールの受信箱は、延々と「ボス」こと武村からの業務連絡で埋め尽くされていた。わざわざボスなんて登録するのは、武村へのヅケ取りだろうな。

流れで送信箱に目をやる。こいつが誰とどんなやりとりをしているか、俺をハメるのに関わった人間は他にもいるのか。だいたいのことは、この小さな白い箱に入っているはずだ。

慣れない機種に戸惑いながら送受信を照らし合わせて探りを入れていると、やたらと喉が渇くし、胃が縮む。スロットに天井があるように、この中に絶対に見たくない美香絡みのやりとりがあって、それを引き当てるのは時間の問題だ。急ぐようにボタンを押した。

まず目に飛び込んできたのは、木村が同業者と思われる男をやんわりと恐喝するメールだった。

《麗華ちゃんの件、明日が期限だよ？ 自分はいいけど、武村さんがどう思うかよく考えて。引き抜きを見逃す代金としては安いと思いますよ。振り込みはここに期限厳守で。千葉銀行××支店 普通×××××××》

従業員の女と組んで同業者に引き抜きをわざとさせ、後からアヤをつけるって寸法だな。同じようなメールを送られているやつは、パッと見たかんじでも３、４人はいた。これは常習犯だ。

「武村さんがどう思うかよく考えて」ってのもまあ、木村らしい立ち回りだ。虎の威を借るキツネ。そんな言葉がピッタリの男なんだよ、こいつは。

そんなキツネ野郎が武村に送ったメールに、目が留まった。

《すみません、今月生活が苦しくって。２万円ほどお借りできないでしょうか？》

こんな内容のメールを送っていたんだ。

こうなると、同業者への恐喝は武村がグルっていうより木村のスタンドプレーと見るのが妥当かもしれない。武村の名前を使って飛ばしの口座に金を振り込ませて儲けながら、その武村にはわざと2万円を無心して金ないアピールだ。木村のあざとさを目の当たりにしたようで、吐き気が込み上げてくる。

そして——その名前を見つけた。美香だ。
《美香が入れてくれた麗華ってコの件、200は取れそう。この調子で月内にあと3人は決めよう。後ほど、北新宿迎えに行くね》
《武村さんとの会食、ご苦労様。迎えに行くので、終わりが見えたら連絡ください。お手当はその時に渡します》
携帯の画面が歪む。耳が遠くなる。食道から胃液がものすごい勢いで込み上げてきて、腹のものを道路にぶちまけてしまう。

文面から想像できる現実ってやつは、俺のキャパシティをだいぶ超えていた。まず、そもそも美香が俺を裏切っている。あいつが木村とグルで、金までもらっていることから明らかだ。
だが、金なんかより色恋の話ってのが正直効いちまった。武村の相手は余裕でしてそうだったし、なんなら木村ともなんかありそうな雰囲気だ。

俺は美香を、許せるだろうか。

動かぬ証拠を掴むために開いたパンドラの箱だったけど、具合が悪すぎて動けなくなっちまったのは俺のほう。少なくとも希望っぽいものは、今のところ入ってはいない。

深夜のコンビニで豚まんをねだってくる美香。冬だってのに花火がしたいと夜中にゴネた美香。眠剤を食いまくって散らばったシートを片づける片づけないで口喧嘩した美香——短い同棲期間ではあったが、この期に及んで頭の中はいろんな思い出が咲くもんだから、めでたい話だよ。ああ、そうだ。思いつきで買ったプロジェクターに、今度はいいスピーカーでもつけて話題の海外ドラマシリーズでも観ようか、なんて話もしてたっけな。


「北新宿まで」

流しのタクシーを捕まえた俺は、純ちゃんと美香が待つ家へと向かう。わずか10分足らずの距離がやけに長く感じるもんだから、貧乏ゆすりが止まらなかった。

「おかえり、リーくん。大丈夫？　顔、真っ青だよ？」

ドアを開けて迎えてくれた美香は、心なしか怯えている様子だった。さっき見てきたことは飲み込もうなんて思いもあった俺だったが、美香の顔を見た途端、出たのがこんな言葉だ。

「木村からだいたいの話は聞いたよ。あの馬鹿、外にいやがった。てかお前、武村ともデキてたんだな。そりゃねえだろ？」

顔を曇らせたというより、無表情になった美香。かちゃり、とドアに内鍵をかけながら反論する。

「私がもともとロクでもない女なの、知ってたでしょ。リーくんだってそうじゃん。自分はよくて人はダメ？　笑わせないでよ」

「さすがに逆ギレはねえだろ？　誰のために動いたと思ってんだよ」

「は？　私、リーくんに何か頼んだっけ？」

たしかに恩着せがましい言い方をしたかもしれないが、言ってはいけない台詞だと思った。カチンと来た俺が身を乗り出そうとした時。純ちゃんが割って入った。

「ああ、もう。2人とも落ち着けって。リーくん、すげえおっかない顔してるぞ。夜食でも食べたら？」

ふと机の上に目を向けると、サランラップが巻かれたカルボナーラがあった。丁寧に半熟卵までつけてある。ああ、そうだった。作ってくれてたんだよな。

「リーくん、あったかいだろ。さ、食べた食べた」

俺が帰ってくる間際に温め直してくれたであろうパスタは、絶妙な温度だった。

無言でカルボナーラを啜《すす》る俺。

「よう、お前もひと口いるか？」

「は？　私が作ったんですけど」

美香の顔に笑みが浮かぶ。

粗《あら》を探していちいち突き付けていったって、待っている結末はひとつしかない。

この何か月かを過ごしたすべてのシーンで仮面を被り続けていたなんてのは、考えづらい。きっかけがどうであったにせよ、嘘をつき続けていたにせよ、少なくとも俺といる時の美香は、俺の心に思い描ける美香であったと信じたい。

こいつだって、いつか向こうとは線を引くつもりだったのかもしれないじゃないか。ホストに騙されている女じゃあるまいし、こんな甘い考えが出てくる自分にも驚くが、今は謎解きを完了することだけがすべてじゃないと思った。

「これ、どうぞ」

機転を利かして仲裁してくれた純ちゃんには、ベーコンの切れ端をあげた。

「おい、リーくん！　まだ山盛りパスタ残ってるのに、それはねーだろ！　でも嫌味が言えるようならもう大丈夫だな」

白い歯を見せて純ちゃんは笑う。

水平線の蜃気楼に見えるビルだって、どこかに実体があるからこそだろ？　感じていた幸せが幻だったとは、思いたくない。そんな気分だったんだ。

*

あれからしばらくの間。依然として微妙な空気感はあるものの、元の暮らしに近い状態に戻った俺たち。前と確実に違うのは、昼夜問わずに純ちゃんが家に押し掛けてくるようになったことくらいか。

あんなことがあったのに、やることはやってる俺たち。いや、あんなことがあったからこそか。美香を抱く回数は、それまでよりも明らかに増えていった。

セックスの最中に武村や木村の顔がよぎってしまい、どうしたって荒々しくなっちまう。服や下着を強引に剝ぎ取り、貪るようにあいつの体を求めた。いくら水を飲んでも癒えない渇きのように、欲求が止まらなかった。

そんな俺の想いを見透かしているのか、美香も美香で、狂ったように俺を求めてきた。ジョイントの吸いさしを灰にすると、決まって細い腕を俺の首に回して挑発してくる。

一度など美香に耳たぶを思いっきり強く噛まれたこともあった。

「ふざけんなよ、おい。離せって」

「こないだのお返し。嫌なことといっぱい言われたもん」

「お前なあ。俺だって……」

言いかけて止めた。せっかくできたかさぶたを剝がしたら、痕が残るからな。ポン中じゃあるまいし、この傷を治すと決めた以上は絆創膏の中身がどうなっているかなんて、わざわざ見ないほうがいい。

「美香、暖房を止めてきて」

「やだ、眠い」

「いいじゃん、すぐそこだろ？　暑いよ」

「ダメ。今動けない」

絡まったシーツの上でリモコンをどっちが取りに行くか議論しているうちに、気づいたら眠りに落ちる。そんな日々がしばらく続いていたんだ。

木村の携帯の中身の話は、それに触れると言い合いになるのはわかっていたから、意識的に触れないようにしていた。聞きたいことが10あるとしたら、まだ2も聞けていないような状況だ。けど、問い詰めたところでてめえに何か得があるのかと聞かれると、何もないってのが正直なところ。

まあ、やばい女だよな、実際。

借金をつける絵図を描いたのも事実。接待名目だったにせよ、武村に抱かれていたであろうことも間違いはなさそうだし、集めた女に体を売らせて上前をハネていたことだって事実だ。

だが、自分でも不思議なのが、そうであったとしてもそいつを飲み込めちまう自分がいるってことだ。

そもそも、転がり込んできたあの日から眠剤を食い散らかしていたわけで、クリニックに女を並ばせて回収したそれらの処方箋ドラッグを転売してシノギにするような女だからな。

だけど手先は不器用で。ジョイントを巻けずに何度もやり直しては、巻紙をダメにする。そんな美香が、いつしか俺はどうしようもないほど愛おしくなっていた。

ある日曜の午後。美香はテレビで流れる競馬番組を、食い入るように見ていた。

「なんだ、お前。馬なんか見て、わかんのかよ」

「わかんないけど、お馬さんてこんなに走っても口開けないの、なんでかなって。ワンちゃんだったら、ベロ出してはあはあするじゃん」

いたって真顔でこんなこと言うもんだから、つい耳を傾けてしまう。

「馬は鼻でしか呼吸しないからな。なんだよ、そんなこと気になってずっとテレビにはっついてんのか」

「だってさ。絶対口で息吸ったほうがよくない？　深呼吸したりしてさ。そっちのほうが速く走れると思うんだよね。リーくんもそう思うでしょ」

「そんなこと言ったって、馬はそういう生き物なんだから。仕方ねえだろ」

そう俺が言うと、納得がいかなかったのか、頬を膨らませて反論してきた。

「なんでよお。そんなの誰が決めたの？」

「そりゃ、神様、なんじゃないの？　えらい人がそういう風に決めたんだよ」

「ふーん。じゃあさ。リーくんは神様いると思う？」

根本的すぎる問いに、俺は少し言葉が詰まった。

いるのかな、神様。いたとしても、そいつはけっこう意地の悪いやつなんじゃないか。

少なくとも、好き嫌いは激しそうだ。困って泣いてるやつなんか、そこらじゅうにいるもんな。うちの母ちゃんにしたってそうだ。俺のことでさんざん苦労させられて、神様には見向きもされなかったのかもしれないな。

でも、こいつに出会わせてくれたのも神様だと仮定すると、ちょっといいやつにも思えてくる。

待てよ。修羅場で駆けずり回っていたのはつい先日のことだ。あんなハメっぽい事件を起こしてくるわけだから、やっぱり底意地が悪いやつなのかもしれない。

「どうしたのよ。神様。いるの？　いないの？」

「いるけど、俺たちの近くにはいないと思うよ。どこか遠いところにいるんじゃねえかな」

「遠いってどこ？　アメリカ？　アフリカとかなの？」

「アフリカは困ってる人多いから、そっちじゃないんじゃねえの？」

「えー。じゃあどこ。もしかしてハワイとか？」

「ハワイはいるかもな。楽園っぽいし」

「うん、いるかも。なんだあ、ハワイか。じゃあ私のお願いなんか聞いてくれなそうだな」

「でも、たまにこっち来るかもしれないぜ。買い物とかでよ」

「また適当なこと言って。リーくん、なんにも知らないな」

「お前に言われたくねえよ。馬が鼻呼吸って知ってるだけでも、俺のほうが博識ってやつだろ」

気づいたら競馬番組は終わっていて、テレビからはニュースが流れていた。

暴力団員の男、逮捕。

ニュース原稿を読み上げる女性アナウンサーは、たしかにそう発声した。嫌な予感がした俺は、慌ててテレビのリモコンを掴んでボリュームを上げる。

《警視庁新宿署は児童福祉法違反の容疑で広域指定暴力団組員の武村邃輔容疑者を逮捕しました。同容疑者は新宿区内で未成年の少女複数名に売春を斡旋し、収益を得ていた疑い。拠点としていた中野区内のアジトからはけん銃1丁と実弾20発、覚せい剤150グラムも押収され、事件の背後に組織的な関与があったものとして捜査が進められています。なお、武村容疑者は容疑に関して認否を明らかにしてい

ません》

　スタジオから画面が切り替わり、送検される武村の姿が映し出された。傷が回復したのだろう、ジャージ姿の武村は自分の足で歩いている。その表情には不気味な笑みが浮かんでいる。

　電話が鳴る。

「リーくん、ニュース見たか？　兄貴が捕まったみたいだ。これ、何か対策考えないと美香ちゃんも危ないかもしれない。とりあえず今から行くからな」

　やっぱり、神様なんていねえのかもな。

　これから来るであろう嵐を前に頭痛がしてきた俺は、コップに残っていたコーヒーをひと口で飲み干した。

＊

　あんなもん、パクられて当たり前だよな。驚きよりも妙な納得感のほうが先に来た。

それより驚いたのは、あの援交部屋から拳銃に豆のおまけつき、さらにシャブまで出てきたこと。そんな現場で大立ち回りをしたのかと思うと、今さらながら背筋が凍る。あの場を早めにバックレたのはやっぱり正解だったか。

俺がぶつかった喧嘩の強い武村の舎弟は、あの場にイリーガルなものが隠されているのを知らされていなかったのか。運び出す時間はあったようにも思うが、負った傷が深かったのか、兄貴分の容態を心配したのか。

「これさあ。私たちもまずかったりする？」

パジャマがわりに俺のパーカーを羽織った美香が声を震わせる。

「どうだろうな。やるなら同時にパクりそうなもんだけど。いいほうに考えると、新宿署はトップ以外は興味ないのかもしれないし」

「でも。私、女のコ、結構入れちゃってるから。みんなどうなったかも、ちょっと心配だよ」

「何もないいんじゃないか？　現に今、俺もお前も何もないわけだし。末端のガキをパクるより前に、こっち先に来そうなもんじゃん。たしかにこの部屋は審査通らなくて名義代行使ってるけど、その気になれば俺のことくらい探せるはずだろ。毎日フラフラしてるんだしさ」

木村も捕まってないだろ？　喉まで出かかった台詞は飲み込んだ。美香にこの名前を出すと、もう腹にしまおうと決めたことまで、また掘らないといけなくなる。仕方なく遠回しな聞き方をする。

「俺たちより先に呼ばれそうなやつだっているだろ？　大丈夫だよ」

と。それでもやっぱり、美香は少し目線を逸らす。美香なりに気まずい部分はあるのかもしれない。

でもいいんだ。本当は木村と何をしていたのか、一から十まで聞くのはやめたんだ。仮にしゃべらせたって、それが本当とも限らないしな。

頭の中に木村がちらつき始めた時、すごい勢いでドアノブがガチャガチャと音を立てた。別にこのタイミングだからデコが来たかとは思わない。美香も一瞬ビクついたが、すぐに気づいたようだ。

チャイムも押さずにいきなりやってくるのは、ここしばらくの純ちゃんのやり口。お巡りさんのほうが行儀がいいってもんだ。

内鍵を開けると、そこにはいつもと少し様子の違う純ちゃんが立っていた。ドンキで買ったような安っぽいリュックに、あまり似合わないキャップ。普段のチンピラルックと明らかに違う。

「リーくんも美香ちゃんも、何を呑気にテレビ観てんだよ。準備できてんのか？　え？　体かわさないの？　マジかよ」

どうやら純ちゃんも美香と同じく、事態を重く見ている派らしい。諭すような口調で俺は言った。

「罪状見ただろ？　美香は女集めをしていたにしろ、俺たちはシャブにもチャカにも噛んでない。だから、そんなにビビることないよ。仮にしょっ引かれても、完黙きめてりゃすぐだろ」

「何言ってんだよ、リーくん。サツの話なんてしてないっての。そもそも警察はうちの兄貴の一本狙いで、今は課が移って四課の調べだって。聞いた話だと、そっちを掘る方針でウリしてる女なんかはもう眼中にないみたいだ。まあその、なんだ、美香ちゃんも良かったんじゃないの」

にわかには信じがたい話だ。でも純ちゃんは、自分がどれだけ信頼できる筋から聞いた情報なのかを力説してくる。少なくとも真実相当性ってやつはあるのかもな。

純ちゃんの話だと、木村の野郎なんか札すら出てないらしい。武村の通信履歴を調べれば、パクる罪状を固めるのなんて簡単そうなのによ。不思議なものだ。

豆付きの拳銃と覚せい剤も押収できたもんだから、四課としてはもう十分お手柄なわけで、もともとのオーナーが誰だったかなんてどうでもいい、という温度感なのか。

「じゃあ、何をそんなに焦ってるんだよ。ああもしかして……」

神妙な顔つきになった純ちゃんは、コクリと頷いた。

「援デリの事務所に乗り込まれた話を、兄貴は調べでも、鳩の弁護士にすら言ってないそうだ。ただ、あのデカい舎弟いたろ？　リーくんが鍵ぶっ刺したやつ。聞いたらショウゴだかダイゴだかって名前の、俺らくらいの年のやつでさ。あいつがまだ娑婆にいて、いろいろくっちゃべってるらしいんだ。ケジメ取りにそろそろ動くって話らしいぜ」

そうは言うものの、この状況でそんな大げさな動きを唐仁組がするのかは疑問だ。俺がテンパった挙句、サツに飛び込もうもんなら、具合が悪くなるのは向こうだしな。

報復と言っても、命まで取られるような案件にも思えない。

ホストもキャバ嬢もヤクザも、どこか打算的に生きている人間が多いこの街にいると、〝まさかこのぐらいではやられないだろう〟というハードルがどんどん上がってしまうもの。それでハメを外しすぎて街から消えたり、仏になっちまう人間がいるのも、事実ではあるのだが。

「純ちゃんの懸念はわかった。でも俺、こんな訳のわからない理由で体かわすの、嫌だな。もうこの際、電話してみるか。そういえば確認もしてないんだよな」

そもそもは、俺が麻雀屋で知り合った斎藤サンが実は唐仁組系の組長で、木村の馬鹿がそこから野球の負けを飛んだってのが、この騒動の発端だ。

俺んちに若いもん飛ばしてきたってことは、斎藤サンも俺の味方ってわけじゃないだろう。だとしても、木村のヨタ話に踊らされているあっちが無理筋なわけ。木村の茶番がめくれた今、何がどうなってこうなったかってのを、斎藤サンに確認入れるくらいはしていいはずだ。

気が逃げないうちに電話帳から名前を呼び出してボタンを押した。斎藤サンはあっさり、出た。

「リーくんから電話くる頃だと思っていたよ。元気だったか？」

懐かしい声に敵意や警戒心は感じられない。斎藤サンが言う。

「木村はたしかに追い込んでいたけど、別にリーくんにケツ持ってけなんて言ってない。うちの若いのが無尽で知り合った武村にそそのかされて、木村をかついでシノギにしたって流れみたいだ。嫌な思いをさせたみたいで悪かった。にしても武村の野郎、ガキ集めて援デリなんて恥ずかしいシノギしやがって。俺の愛人までヅケて、そこで働かせてたのがわかっちまってんだ。あんな野郎、破門だよ」

何やら風向きが変わってきたな。電話越しの斎藤サンの語気が荒くなる。

「ただ、そうはいっても野郎も金だけはせっせと組に運んでたみたいでな。茶碗壊されたんだから、唐仁組としては面白くないだろう。ま、俺が間に入ってやるよ。リーくんとは麻雀友達だしな」

なんだよ。勘繰ったりせずに、最初から斎藤サンに電話しとけば余計な苦労をしなくて良かったのか。いや。これすらも場面かもしれない。誰が何を考えているのか、つくづく腹の底を読むのが難しい街だ。

勘繰りの渦がそこらじゅうに巻いていて、そりゃ安定剤もよく売れるわけだぜ。

＊

斎藤サンとの電話は、感触から言えば渡りに船ってやつだった。一度席でもつくろうかと、そんな話になった。よく会っていたあの雀荘で、久しぶりに麻雀でも打とうかと。そんな話だ。

そもそも俺にとっての斎藤サンは、毎月きれいに負けてくれる貴重な麻雀友達だった。女や博打の世話を手伝うたびに小遣いをくれる、金払いのいいおじさんだった。ヤクザだったことは今回の件で知ったけど、こんなダマテンみたいな関係は別に珍しいことではない。「社長」や「会長」、「親方」なんかが持つ意味ってのが、一般社会のそれと少し違うだけの話だ。

電話口で腹の中を探るなんてことは今さらって話だし、ここはもう「はあ、そうですね」と野面で出向いてみることにした。

すると、だ。

「今夜にでもどう？」

なんて言われるもんだからよ。さすがに先方さんも、早急に片づけたい何かがあるのだろうな。

今さら勘繰っても仕方がない。ちょっとパリッとした格好でもしていくかよ。

滅多に着ないジョルジオのジャケットを引っ張り出した。借金のカタに取り上げたもんだから、ホンモンかパチモンかわからないが、カシミアの手触りくらい中卒の俺にもわかるんだよな。

何かの場面でしか着ない、そんなジャケットを羽織って、適当に髪をセットして。支度を整えた。

「今日でたぶん、だいたいの話、まとまってくるから」

美香にはそう告げたものの、不安そうな顔で俺を見つめている。

「なんの話するの？」

「なんの話ってそりゃ、後始末の話だろ。親子丼だって卵で閉じて、できあがりだろ？　ちゃんと蓋しとかないと、ここに住んでたって心配事が増えるからよ」

美香はまあ、聞かれたくないことでもあるんだろう。そんな表情だ。

木村の携帯の中にあったメールの内容も、見なかったフリをしてることだっていくらかある。またそういう話を拾ってきてしまって、俺が癇癪を起こすんじゃないか。そんな心配をしているツラだ。

「お前なあ。切れ目のポン中じゃあるまいし、そんな勘繰った目で見てくるんじゃないよ。お前の粗探しをしに行くような話じゃないって」

俺がそう言うと、そっぽを向いたまま美香は呟いた。

「あのさ。私、もう、悪いことしてないからね。悪いことっていうか……裏切るようなこと。もうしてないよ」

「わかってるよ、そんなもん。家から出もしねえんだから。もう〝売春あっせん〟もやってなさそうだよな」

「だから、その話、しないっていったでしょ！」

「たまには服でも買って来いよ」

財布の中からズクをひとつ抜いて美香に手渡した。


家を出て歩きタバコをしながら、タクシーを拾いに通りへ向かう。

近所の歩きタバコにうるさいおばさんとすれ違う。今日もすごい顔で睨んでいる。視線を逸らさずにあえて煙を深く吸い込む俺。すれ違いざまにその煙を吐き出す。

おばちゃんは、

「まあ！」

とぶつくさ言っている。我ながら意地の悪い性格だと思いつつも、家を出てすぐタバコに火を点ける癖だけは直せない。悪いな、おばちゃん。

これも時代なのか、女のメンバーのルックスを売りにするような点5の安い店が増えてきたが、昭和から変わらず存在するようなジジイとババアがやっている、そんな店。斎藤サンと待ち合わせたのは、そんな雀荘だった。ボロ雀荘のくせにタバコを1本でも吸おうもんなら、換気だなんだとベランダの窓を開けるもんだから、寒くて仕方ない。

「まあ、打ちながら話すか」

斎藤サンの号令とともに席決めの賽が振られる。

メンツは現地集合した純ちゃんに斎藤サン、いつもいた木村の代わりには、あの時、家に乗り込んできたミヤハラだ。

東2局、俺の親番。斎藤サンの前で小競り合いをするつもりもなかったが、俺の上家でいちいち長考するミヤハラに言った。

「そういえばミヤハラさん、関係ないんだったら、あの時の金返してくださいよ」

するとミヤハラも居直って、

「こっちだってないもの取り上げたわけじゃないんだから。そうだ。女の借用書、持ってきたよ。オヤジにも言われたから。額面以下で紙返してんだから、そこらへんは恨みっこなしでいいだろ？」

と汚い歯を見せる。

こんな風にくるもんだから、俺も、

「だからそれ〝でっちあげ〟でしょ。金は返してもらわないと」

となる。

「まあまあ。せっかく遊んでるんだから、野暮ったい話は後にしろよ。ミヤハラ。それにお前もお前だ。あんな厄ネタと付き合いして恥ずかしいニュースまで出てんだから。そこらへん、反省してるのか？」

説教かまされているミヤハラを横目に俺の手の進みは早い。配牌の時には残念な並びにしか見えなかったのに、かぶりもなしにどんどん対子《トイツ》になる。

目の前に並ぶ、誰かの手垢でくすんだ汚れた牌の対子たち。一、九、字牌に上のほう下のほう、どんな牌でもくっついてきやがる。

まるで、さみしがり屋のこの街の住人みたいだな。誰もが誰かに依存して生きている。

そんなことを考えながら山から牌を拾ってくると、6個目の対子ができた。待ちは西。河に1枚、俺の捨て牌も切り出しから端っこと字牌で、タンヤオにしか見えないはずだ。

リーチしても誰かが掴めば出るだろう。これは大丈夫ってものがやっぱりダメ。麻雀も歌舞伎町も、似たようなもんだよな。

牌を曲げてタバコに火を点ける。

「なんだよ、リーくん。高そうだなあ。でかいとすぐタバコ吸うんだから」

「いやいや。フッーですよ、フッーのやつ」

そんな軽い三味線を弾いていると、3巡後にツモった。裏ドラ2丁。あそこからよく跳ねたもんだよ。

「かあぁ。よくそんなの和了《あが》れるな。それ、ラス1だぞ。俺ここに2枚持ってんだから」

斎藤サンが唸った。

「誰が何持ってるかなんて、完璧にはわからないんだから。山にいるかいないか。ツモれるかツモれないか、なんて2分の1でしょ」

ヒキの良さに気分がよくなった俺がこぼした言葉に、くってかかってきたのは純ちゃんだ。

「そんなわけないだろ。斎藤組長とリーくんで3枚使ってるんだから、和了れる確率は4分の1だろ?」

そういう意味で言ったのではない。だが、純ちゃんに説明しても伝わらないだろう。そうだよな。本当に味方なのか、あるいは敵なのか。いつだって答えは2分の

1だ。

目の前で鈍く光る銀縁眼鏡をかけた斎藤サンに目をやると、その答えは間もなく知れそうな気配だ。

「リーくん、木村のことなんだけど。あいつが今、何で凌いでるか、わかったんだ」

斎藤サンが切り出すのはどんな牌なのか。聞き逃さないよう、俺は全神経を耳に集中した。

＊

「木村が何で凌いでるって？　俺もあいつの携帯取り上げたからわかりますよ。武村さんの名前使って、同業から吸い上げてたって話ですよね。難癖つけて、ゼニ振り込ませる命令を木村がメールで送ってるの、自分も見ましたから」

知ってるまんまの話を斎藤サンにした。援デリ業者の恐喝。こんなしょうもない話が本題なら、とんだ期待外れかもしれないな。

だが、どうやら違うようだ。指先で牌を撫でながら、呆れた調子で斎藤サンは言った。

「そんなこともやってたのか」

「そんなこと？　他にも野郎、何やってたんですか？」

「それがさ……あ、それチー」

序盤から端っこの七・八・九の索子《ソウズ》をチーって、切り出しが九萬である以上、役牌でも握ってるのか。そう見せかけて七・八・九萬からの迷彩もあるか。

だとすると、俺が持っている上のほうの筒子《ピンズ》が気持ち悪くなってくる。でも、この人、そういう人でもないいんだよ。赤いの持ってて役の暗刻がひとつかふたつある。

そんな気配を感じる。少なくとも麻雀ではまっすぐな人のはずだ。

ということは、ドラの八筒を切り飛ばしてもいいわけで、そうすると俺はここからトップ独走を目指せる。

でもここはダマテンか。今ほしいのは点棒よりも情報なわけで、だったらこいつをさらっと落として、まだ山にありそうな三・六萬を待ったほうがいい。曲げずに八筒を置いた俺に、斎藤サンが言う。

「木村の野郎がさ。さくら通りにある裏ＤＶＤ屋に動画卸してたって話は聞いてるか？　盗撮モノの」

「うちで面倒見てる店だ。あいつ、わざわざ偽名で卸してやがった」

四萬を切ったミヤハラが補足した。俺のダマテンはまったく警戒されてないようだ。

「動画の卸しって……メーカーから流出する類のやつですか？　それともオリジナルの？」

答えはわかっていたが、一応確認した。

店の女を隠し撮りしてたんだろう。そう知りつつも、ゼニに詰まってメーカーの加工前の動画を持ち込む馬鹿も、稀にいるからな。

「だからさあ。それが電話で話した〝野郎、破門にしてやる〟って話のタネなわけよ。俺がRってキャバクラから水揚げした香織って女がいるんだけど、抜弁天のマンション借りて住ませてたら、武村の馬鹿にシャブ教えられたって話でさ。要は豆泥だよな。それの隠し撮りまでして、木村が裏DVD屋に流してシノギにしてやがった」

七筒が出てきた。やっぱり鳴き三色の線は斎藤サンにはなさそう。たいしたゼニがかかってるわけでもないが、こっちはミヤハラに200万取られている身だ。この麻雀に勝って「勝負ついたんだから、あの金を戻してくれ」って話を後から込まねばならない。だってあれ、俺、悪くねえもんよ。

それにしても、山にありそうな牌ほどなかなかツモってこれないってのは、麻雀のよくある話。広大な山の中から犯人の自供もなしに死体を探してくる警察はなかなかすげえよ。

まあ、待ち人ってのは、簡単には来ないもんだ。年始に引いたおみくじになんて書いてあったかは忘れたけど、三・六萬は出てこなくても、今の俺には美香がいるだけでドラが乗ったようなもん。ひとりだった生活が、あいつがいるだけでかなり違う。そうだな、倍くらいは違うんじゃねえか。

1000点と2000点じゃあ、物足りないようでも全然違うよ。リーチを2回かけられる。人のぶんまで勝負してやりてえなって、それは言いすぎか。

拾ってきた南をノールックで切ったら、斎藤サンが牌を倒した。シャボ待ちの薄いほうに当たってしまったようだ。だが、たったの2000点。俺のトップは依然として変わらない。

「素人の盗撮モノなんて儲かるものなんですか？　顔もあんまわからないやつでしょ。どう？　純ちゃんは。観てる？　ああいうの」

ダンラスの純ちゃんが言う。

「オマンコ丸見えってのは、正義だよな。ただ、盗撮モノは寄りの絵がないじゃん。それだと俺はなぁ……。ま、裏ＤＶＤ屋の客、けっこうポン多いじゃん。シモ入っちまってさ。あいつらは独自の世界観あるから、好きな人いるのかもね」

くだらない話を聞いていると、気づけば南４局。オーラスだ。

トップ目は俺で３万８０００点、２着の斎藤サンは２万７０００点だから満貫ツモられても変わらない。ラス目の親は１万点だし、トップを手中にしかけている状況だ。

軽めのタンヤオの手が入った。イーシャンテンから六萬を下家から六・七・八萬で鳴いて逃げ切りの構え。待ちは索子の二・五だ。

親のミヤハラが白を鳴いている。發は斉藤サンが一枚切っているし、連チャン狙いのしょうもない仕掛けだろう。

「リーくん、手の進み早そうだな。逃げ切ろうなんてつれないぜ」

味方であるはずの純ちゃんが、なぜか絡んでくる。

淡々と麻雀を打って平気な顔をしている俺だけど、その実、電車の中で急に糞を漏らしそうなくらい腹が痛い。そんな状況だ。

まさか、美香まで撮られちゃいねえか。気が気でない。

木村と美香のメールから察するに、武村とそういう関係があってもおかしくないし、木村は斎藤サンの女までシノギにしちまう畜生だ。真ん中に寄った手牌をどう仕上げるかよりも、やつらの考えを読むことに忙しい。

「なんだよ、顔色悪いぞ」

心配そうな目で顔をのぞき込んできたミヤハラが言った。

「そりゃ、俺にも思うところくらいありますよ。知ってるでしょ、ミヤハラさん。俺の女もあそこらへん、いたんだから。まさかとは思うけど……美香のそういうの、ありませんでした？　木村が持ち込んだ映像って全部見たんですか？」

「ビデオ屋には若いもん行かせて、俺の女がいたのがわかっただけ。リーくんの女のツラは知らないから、わからないよ。おいミヤハラ、後で店、連れてってやったらどうだ？　どこまでいってもこいつもウチの人間だから、リーくんも、それでこいつに渡した200万ってやつ、水に流してやってくれよ。さっきゴチャゴチャ言ってたやつ。万一、リーくんの女の映像が売られちまってたら、その場で押さえちまえばいいだろ。蛇口の元から締めてやるから。ミヤハラ、箱の人間には俺にあるもん全部見せるように言われたって伝えるんだぞ」

出来面子の四・五・六筒に七筒を持ってきた。親の最終手出しは三筒だし、河には一筒が切ってある。ペンチーピンやシャンポンのケースも考えたら、四筒が通るだろう。四・七筒待ちならどのみち同じだ。

ここは降りない。このタンヤオを和了って勝負を決めようと四筒を切ると、親が牌を倒した。

一瞬何が起きたかわからなかったが、發と中が暗刻の四筒単騎。二・五筒待ちから三元牌引いて三筒切って四筒単騎になったのを、わざわざ切っちまった。親の大三元だ。

これから美香の件で大詰めだってのに、こんな目に遭うなんてな。

卓上に置かれた禍々しい牌を見て、嫌な汗が頬を伝った。

*

「ミヤハラさん、親の大三元って……嘘だろ。トップ目からオーラスでハコるなんて、ありえねえ」

思いがけない放銃に、嫌味のひとつでも言いたくなった俺。にやけきったミヤハラは名残惜しそうに牌を撫でながら、ここぞとばかり押してきた。

「お前が返せってうるさい200万も、この麻雀の負けも、安いもんなんだって。オヤジが間に入ってるだけ、儲けもんだろ。武村の野郎だっていずれ出てくるのに、お前ひとりでどう話をつけるつもりだったんだよ。そうだろ？」

そこに絶妙な間合いで「まあまあ」と斎藤サンが場を取りなしてくる。

「リーくんもわかってやってくれ。こいつも悪気があってやったことじゃないんだから。その代わり、美香ちゃんだっけ？　しっかり協力させるからよ」

込み入った話をしていると、素っ頓狂な声で割って入ってきたのは純ちゃんだった。

「斎藤組長、もう半荘だけ付き合ってもらえませんか？　東風戦でもいいんで。リーくんもこのまんまじゃ終われないだろう？」

まさかこの場面で泣きの1回を持ち掛けるとは予想外だったが、当然ながらこれは却下。たしかに数打てば負ける相手ではない。ただ、今はそれより調べたいことがあるのだから仕方ない。

「純くん、だったか？　麻雀なんていつでもできるし、またにしよう。今日はリーくんの用事に付き合ってやってくれ。なあミヤハラ、車回しといて」

手際よく身支度を終えた斎藤サンから外に出ていく。1階まで降りると、わかりやすいSクラスのベンツに乗って、斎藤サンは消えた。

「なんかあったら、遠慮しないでいつでも言ってこいよ」

去り際にそんなことを言われたが、この街で一度つけちまった面倒見はそう簡単に変えられないし、どこが面倒見ている誰とも言われたくない俺は丁重に断った。

まあ、丁重でもないかな。いつも通りの雰囲気で、

「これまで同様、お願いします」

と言ったんだ。

斎藤サンはカタギっぽいところもあるおじさんで、あまりヤクザヤクザしていない。それでいて貫目もまあまあある。ケツ持ってもらうにはいい人なのかもしれないけど、どこまでいっても俺は斎藤サンの外面しか知らない。

中に入った者への当たりの程度もわからない。もちろん、このままの人なのかもしれないが、誰も泣かさずに今の座布団に座っていられることなんてあるのか。

「さて。俺たちも行くか」

ミヤハラが呼んだ無線タクシーに乗り込んだ俺たちは、裏DVD屋へと向かった。

「さくら通りの入り口あたりまで頼むわ」

ミヤハラが行き先を告げると、車体が音を立てて走り出す。ルームミラーの運転手とやけに目が合うのは、俺たちの風体が原因か。上司と部下にも見えないだろうし、いったい人目にはどう映っているんだろうな。

斎藤サンの組がケツを持っているというその裏ＤＶＤ屋は、昭和から時が止まったような雑居ビルの一室にあった。こんな見るからに怪しい造りにしなくても、ってくらい怪しい。路面では自動ドアの向こうで10円ポーカーが堂々と行われているこの街で、ここまでサツの目を気にする必要があったのか。安い賭博とピンクとでは警戒レベルが違うってのも、不思議な話だぜ。

そもそも新宿西口には歯医者かコンビニかってくらいに裏ＤＶＤ屋が並んでいるわけで、こんなとこに隠れたビデオ屋があるってだけで、それは扱っているブツのヤバさの証明といってもいい。

繁華街のド真ん中にあるとはいえ、用事がなければ絶対に立ち寄らないような雰囲気で、カビ臭い。

中を見てギョッとした。10畳ちょっとくらいの無機質な部屋に、どこに隠れていたんだろうってくらい、大勢の客がごった返しているんだからよ。

「ここにあるほとんどが無修正で、10枚で1万円。客はパッケージ写真だけ見て選んでいくんだけど、そういうランダムなかんじがいいんだろうな。さ、探すもんあるなら、気が済むまで見てってくれ」

バーゲンセールのように売られる裏DVDに群がる獣臭い男たちをかき分け、ひとつひとつパッケージを見ていく。禿げたサラリーマン。やけに頬のこけた、たぶんポン中。それと引き屋に連れられて来た大学生。そんなところか。

DVDはある程度規則正しく並べられてて、「素人」だとか「女子高生」といったカテゴリーごとに分類されているようだ。パッケージにはアルファベットと番号が振ってあり、それをメモして店員に渡すシステムらしい。

「なあ。リーくん、これ……」

Dの13番。不吉な数字。純ちゃんが手にしたパッケージに、美香がいた。東中野の援デリの待機所にあったソファに座っている、美香がいた。

たいして盛れてもいない写真だ。普通のAVと違って、パッケージ用のために撮影なんかしないんだろうな。携帯で撮った写真か、画質の粗い動画から切り抜いた写真をそのまま使ったんだろう。

中身は別人でした。パッケージ詐欺でした。残念だが、そんな可能性はもう1％も残されていないだろう。パッケージ詐欺をするのに、ただ素人が椅子に座っただけのこんな写真を使うわけはないし、中にあいつがいることはわかりきっている。

しかし、まあ、なんというか。一応ってやつなのかな。念のためともいうか。

こんな引ける気のしない1％に、人生で対面したことはない。だけど、もしかしたらがあるかもしれないだろ。2PACだって生きてるかもしれない、だろ。目で見たわけじゃねえんだからよ。

「ちょっと中、観してくれ。再生するやつ、どこにある？」

店員に頼んだが、

「当店はそういうのやってないんですけど」

とそっけない返事がきた。なるほど、購入前には中身が観れないシステムなんだな。ミヤハラに目をやると、助け舟を出してくれた。

「このお兄さん、俺のツレだから、言う通りやってくれ。お前の上にも確認取ってるから、大丈夫だよ」

スーツの袖口からのぞく和彫りの見切りで事情を察したのか、店員の対応が変わった。店の裏に通される。そこにはＤＶＤを再生するデッキが乱雑に何台も置かれていて、そのうちのひとつを使って再生ボタンを押す。

動画は十数秒で停めた。美香以外の誰でもない女が映っているのを確認したからだ。

見慣れた服を着たあいつが、画面の奥にいた。パッケージと同じソファに座らされていた。そんな美香に後ろから近づき、抱き寄せる中年の男も映っていた。木村だった。

胸の中で何かが爆ぜた。右手の拳で思いっきり停止ボタンを叩くように停めると、モニターの画面を蹴飛ばしていた。純ちゃんの声だけが耳の奥で遠く、聞こえた。

＊

「リーくん、落ち着けって。わかってたことだろ？　覚悟して裏取りにきたんだろ？」

裏ＤＶＤ屋なんて場末も場末。そのバックヤードで暴れそうになる俺の顔を両手で抑えながら、純ちゃんが言った。

「あーあ。これはあの子だなあ。まあ、でも、ガキの間違いなんて誰だって数えたら両手じゃ足りねえよ。気にするな。そんなカッカしても仕方ないいんじゃないか」

案内役のミヤハラが投げやりに言う。当たり前だが、こいつの言葉なんて少しも頭に入ってこない。


なんだろうな、この感情は。

過去のことだなんてことは、わかってる。脛に傷を持つやつがたくさん集まるこの街で、出会った誰かが自分と会う前に何をしてたかなんて、気にしていたらどうにもならない。ここはそんな街だ。

だとしても、なんだよ。悔しさ？　怒りなのか、それとも嫉妬か？　まるで明け方のゴールデン街に吐かれたゲロみたいに汚い感情が俺の内で渦巻いている。いろんなもんが混ざっちゃいるが、いつ食った何が出てきてるかわからねえ。酔っ払いがよく言うあれだ。


相手が木村ってのが、まずむかつく。美香のことは修正テープで文字を正すみたいに、これから上書きすればいいとしても、だよ。そうでもしないと収まりつかないだろう、リーくん」

「これはもう、木村ヤるしかないんじゃないの。

絶妙なタイミングで純ちゃんが俺の気持ちを代弁してくれた。

刑が安いとか重いとか、荒事を前にするといつもは頭をよぎるあれこれが、今はまったく頭に浮かんでこない。

もちろん、木村を殺して長い懲役に行く気など、1ミリもない。でも、今はただあいつの卑しい顔面に拳を思いっきり叩きつけてやりたい。何度も、何度でも。

「ミヤハラさん、木村はこの店に盗撮動画を卸してるんですよね。野郎、どうにかしておびき出せませんか？」

頭に血が上った俺に代わって、純ちゃんが木村をおびき寄せる絵を描き始める。

まんざらでもない表情を浮かべたミヤハラが答える。

「仕入れ担当の人間がいるはずだから、そいつから連絡させるしかないな。オヤジの愛人の件もあるし、俺としても木村を呼び出すのは好都合だ。アレからはケジメ取らにゃいかん」

現金なもので、さっきまで200万を取った取られたといがみ合っていたミヤハラとの利害はあっさりと一致。即席の連合軍が出来上がった。

こうなった時のヤクザは話が早い。裏DVD屋の店長をバックヤードに呼びつけたミヤハラは、絶対的な命令をくだした。

「この盗撮シリーズ卸してる木村、わかるよな。野郎、すぐにここに呼びつけろ。データに不具合があったでも、評判いいから新作卸してくださいでも、なんでもいいよ。理由つけて今すぐ呼びつけろ。これはオヤジからの命令だ。意味わかるか？できるよな？」

すぐに担当者から連絡を入れさせます。ただごとではない雰囲気を察したのか、店長はそう言って消えていった。

東中野のマンションで木村を逃してから、2週間ほど。その間、やつはせっせと残された遺産である盗撮動画を売って糊口を凌いでいたわけで、この店からもらう売り上げが生命線のはずだ。網にかかる可能性はそこまで低くない。

ミヤハラのカマシから3分とたたずして、店長が戻ってきた。絶妙に気まずそうな顔をしている。

「木村さん、でしたか。基本お店には来ないみたいで。自分じゃどうにもできません。社長に言ってもらっていいですか？」

どうやらここの店長は、木村の連絡先も知らないらしい。データと金のやりとりは〝社長〟と呼ばれる男の担当らしく、そいつを通さないことには話が進まないそうだ。


靖国通りに出て、左折。喫茶店で待つこと15分。さきほどの店長が男を連れて入ってくる。

「ミヤハラさん、お世話になってます。席、失礼してもよろしいですか？」

「悪いね、忙しいとこ。座りなよ」

店員が注文を取りにくる。異変を察知したのか、店長も社長もメニューも見ずにアイスコーヒーをオーダーする。

人に呼ばれた喫茶店でゆっくりメニューを見るやつってのはあまりいない。まあ、土地柄かもしれないけどな。周りを見回しても、スカウトマンと風俗嬢と思しき男女。唾を飛ばしながら紙ペラを指さし熱弁するマルチ商法。ドン詰まったのか、頭を抱え込んじまってるオッサンもいるな。

まだ日が暮れて間もないってのに、呑気にパフェを頼んでるやつは1人もいない。

どうしてだか、切羽詰まった連中がサテンに入っても、しばくのはアイスコーヒーだけなんだよな。

向かいに座った社長は、俺とは決して目を合わさずにミヤハラの顔色を窺いながら口を開く。

「それで、何かうちのショーバイのことで問題でもありましたでしょうか」

ドン。膝を組み替える仕草のついでに、足を机にぶつけて軽くテーブルを揺らした。こういう場面でビクついてるやつは、これだけで首をすくませるんだ。

不良に呼び出された場面で後ろめたいことがあるやつは、変な話、オーバーな仕草で頭を掻こうとしただけでガードをとろうとする。ほら、このあんちゃんらもそう。店長なんか俺と歳も変わらなそうなのに、下向いて固まっちまってるもんな。

「何かありましたじゃねえんだよ、この盗撮野郎が。俺の女のハメ撮りなんか棚に並べやがって。どうしてくれんだ？　この始末」

「と、盗撮ですか？　それは……あの……」

ミヤハラに目線を送って助けを求める社長。その意味はわかっている。みかじめの中にそれぞれの黙認も入ってるはずなのに、どうしてこんな場面に呼ばれるんですかミヤハラさんって。そういう意味だろ。

ミヤハラはどう返すんだろうと思った俺はタバコに火を点け、正面の男たちを睨みつけるのをやめない。

「ウチも守り代もらってるから、こんなこと言いたくなかったんだが。木村はいろんな人らに迷惑かけながらそっちにデータ卸してるって話で、これだけは突き出してもらわないとって。そういう話なんですわ。これね。そこら辺のトイレ盗撮なんかとワケが違うんです。ちょっとウチを破門になる人間の絡みもあってね。これがまたずいぶん行儀が悪くて、ちょっとそこらへんのシノギは潰さないといかん。そういう話なんですよ、社長。この兄さんもオヤジの知り合いで、大事なコレの裸まで木村に撮られちまってるもんだからカンカンでさ。いや本当にね。ふざけんなコラってんじゃなくて、協力してくださいって。そういう話なんです」

小声で社長が店長と話しているのに聞き耳を立てる。

「木村さんってあれだよな。援交盗撮の人？　あれ今、どれくらいあるんだっけ」

「ちょっと前まで頻度高かったです。40～50枚くらいあったような」

ビンゴだ。左こぶしを机に叩きつけると、３つ隣のテーブルまでざわつく音量で俺は吼えた。

＊

「木村から買ったＤＶＤが40～50枚だ、コラ？　てめえらそれ、何店舗で捌いてんだよ。ミヤハラさん、箱あそこだけですか？」

「社長んとこ、結構手広いんだよな。先月ほら、池袋にも出したよね」

「はい、おかげさまで新規出店させていただきました。今都内で８か所、やらせていただいてます」

左こめかみに血管の脈動を感じるくらいに血が上ってくる。ただ、こいつらに当たり散らして解決するわけでもない。冷静に、もうひとつ聞きたかったことを俺は探る。

「へぇえ。その８店舗さんで、あの変態野郎の盗撮モノ捌いているわけだ。で？　ネット販売もしてるんだろ？」

パチスロの裏ロムなんかと一緒で、裏ＤＶＤ屋にも「ハウスもの」と呼ばれるオリジナルレーベルがある。もしそうなら、いくらかマシだ。観られたくねえもんが出回るエリアはある程度、限定されるからな。

そうであってほしいという俺の気持ちは別に覚られてもよかった。再度、社長に語りかける。

「黙ってちゃわかんねえよ。俺の女の映像、どこまで出回ってるのか聞いてんだ」

吼えたところでミヤハラのなじみらしい喫茶店の店員が「大声は困ります」と耳打ちしにきた。

「大丈夫、すぐ出るから」

これで終わる。店員も慣れたもんだ。日常茶飯事なんだろう。

「うちはネット販売はしてません。前に配送所から足ついて、痛い目みたことがあって」

肺に溜めていた煙を吐き出す。なるほどね。地獄に仏、とまではいかねえか。それでも溺れかけたけど海底には足がついた。水深はそこまで深くない。

勘繰りとイラつきで空気が薄くなった脳に酸素を送り込むため、俺は深呼吸をした。もう一発、カマす必要があるからな。

「なんだあ？　ネットで捌いてないから悪くないです、みてえなツラしてんな。耳でも千切らねえと事の重大さがわからねえか？」

こいつらに安堵されたら、ここから先の計画に支障が出る。激しく貧乏ゆすりをしながら苛立ちが収まらない様子を前面に出した。役者だよな。

ハッピーエンドでもバッドエンドでも、DVDと違って先送りができない以上、結末を先に知る術はない。エンディングロールが流れるまで、俺は俺を演じきらなくてはならない。

「それはわかっております。関係者様のお気持ちを考えれば、それはごもっともです。ただ私どももですね、その……」

社長はミヤハラをチラチラ見る。満を持してミヤハラが切り込む。

「さっきも言ったように、これやるなって話じゃないんだ。この件だけは、ひとつ協力してくれって。それだけの話なんだよ、社長さん。どうなんです、木村は。社長が呼んだら来るのかな？」

「……そんな簡単な話ではない、と思います」

そう前置きして、ようやく社長が木村のことを話し始めた。ここは先を急がず、耳を傾けてみることにする。

木村の持ち込む映像は、すべて買い取り。ロイヤリティも何もないから、やつが持ち込む時以外に金銭や連絡のやりとりはないそうだ。映像の中身について指示を出したこともなく、社長が電話で呼び出した時点で怪しまれるのではないかということだった。

木村のヤサは知らないとのこと。社長から電話をすること自体が今までないシチュエーションになってしまうため、理由を考えずに木村を呼び出して失敗した結果、下手打ち扱いされたらたまらない。そんな様子だ。

しかし、俺はすぐに妙案をひらめいた。汚いあの野郎の性格を逆手にとって、これなら釣れるってやつを。

「こう言ってみろよ。インターネット通販を始めることになったけど、そこで木村さんの商品取り扱ってもいいですかって。野郎がめついから、それなら金をくれって自分から言い出すはずだ。いくらか吹っ掛けてくるだろうが、『わかりました、今日中にどこかで渡せますか』って。いいか？　あくまでも、あんたはネット販売していいですかって聞くだけ。こっちから会いたそうな雰囲気出すなよ」

そうは言ったものの、こいつが言われたことをどの程度実行できるか未知数だったこともあり、多少のロールプレイングをする。野郎になりきって会話をするのは気分が悪いが、不測の事態に備えて複数パターンのトークをシミュレーションしてから、木村の電話を鳴らした。

「ご無沙汰しております。ちょっとご相談がありまして……」

社長の背後に回り、携帯を自分の片耳につけながら相手の動向を探る。ハンズフリーなんかにすると、周りの雑音で察知されるからな。

「実は、うちもネット販売に参入しようってことになりまして。木村さんのデータ、そっちでも売っていいですよね？　注文多いようでしたら、いくらかつけますので」

俺の台本とはいえ、なかなかこいつもうまい。ロハで使わせてくれって温度で木村を攻めている。

こう言われると、「売れたら払うじゃ信用できないから、先にゼニよこせ」となるのが人情だ。案の定、受話器の奥では「先にいくらかほしい」的な話がすでに出ている。

喉から手が出ているんだから、すぐに引っ張り上げたいところだが、警戒されてその手を引っ込められても困る。あえて無料交渉を継続するよう社長に耳打ちした。

「買取は買取だったわけじゃないですか。売れたらちゃんとロイヤリティ、お支払いしますので。まずはそのまま使わせてくださいよ」

これでいい。この調子なら、もう少し粘っていれば釣り針は野郎の食道にしっかり刺さるはず。俺にはその確信がある。案の定、電話の向こうで木村が言った。

「そんな都合のいい話があるわけねえだろ。俺だってそこの店だけだって言うからあの金額で卸してんだから。ネットで捌くんなら、まとめて3本は出してくれないと。こっちだって許可できないよ」

「えー。それは高すぎますよ。サーバー代だったり、配送所の経費も大変で。気持ちよく100でどうですか?」

「ダメだ。300は譲れない」

「じゃあ、200。お願いしますよ、木村さん」

「1割まけて270。これ以上、ゴネるんならナシ。俺のケツどこか知ってて物言ってんのか?」

社長に目配せすると、顎を縦に振ってGOサインを出した。

「じゃあ270でいいんで。店に置いとけばいいですかね?」

「今から取りに行く」

木村はそう言って電話を切った。完璧だ。

「じゃあ、ミヤハラさん。あとは俺の場面です。現役連れてなきゃ何もできないってのも癪なんで。今日はありがとうございました」

ミヤハラも自分の仕事はここまでと決めていたようだ。俺がそう言うと伝票を掴んでレジへ歩いていく。お釣りを手に取ろうとしたミヤハラに声をかける。

「ねえミヤハラさん。こないだの200万、やっぱりあれもういいや。野郎からきっちりケジメ取るんで」

相変わらず表情が読みづらいが、幾分か笑みを見せたミヤハラは店を後にする。

チリン、チリン。ドアベルが申し訳なさそうに鳴った。

飛鳥クリニックは今日も雨

溶け出した氷がコーヒーの残りかすと混じり合い、薄茶色の液体を作り出していた。ずるずると下品に音を立ててそれを飲み干し、俺はタバコに火を点ける。

「あいつ、どれくらいで着くって言ってた？」

「そういえば聞くの忘れましたね」

「でも『今から行く』って言ってたから、そんなに時間かからなそうなかんじでしたけど」

「じゃあ、これ吸ったら行くか」

一応の段取りを確認してから、店に戻ることになった。面が割れてる俺はバックルーム。割れてない純ちゃんがフロアのシキテンで、木村の入りが確認でき次第、出入り口を固める。そんな流れだ。

社長と店長のふたりが走って逃げる素振りを見せた訳でもないが、なんとなく裏DVD屋のふたりを純ちゃんと俺でサンドイッチして店まで歩くことになった。この時間に何人も連れ立ってさくら通りに入っていくなんて、昔、10円ポーカーにハマった時以来だろうか。

こんな街にも神様はいるわけで、その証拠に、左に曲がると弁財天がある。財福の神様の目と鼻の先でしょうもないエロDVDなんか捌いてるんだから、こいつらバチでも当たればいいのに。社長の後頭部を見ながらそんなことを考えていると、店に到着した。

小汚いエレベーターの壁には、ガムが貼り付けられていた。風俗で外れでも引いたのか、博打屋で大負けでもしたのか、まあそんな類だろう。よくある話だ。

店に入ってしばらくすると、バックルームの暗がりの中、社長の携帯が七色の光とともに煩わしく鳴動した。倖田來未の着信音だよ、俺とは趣味が合いそうにないな。社長は歌声が聞こえてくる前に通話ボタンを押した。

「もしもし、あ、木村さん。もう着きます？　中にいますよ」

それにしても、こいつも自然に誘い出すもんだよ。裏も長いって話だったから、こういうの慣れているのかもしれないな。喫茶店でカマされてテンパっていた顔つきもどこへやら、だ。

売り場とバックルームの仕切りになっているカーテンを軽く開き、純ちゃんに目配せする。

「えっ、もう来る？　来るのか？」

こっちが目配せで済ませようとしているのに、わざわざ声出し確認はやめろと思ったが、意思の疎通がとれているだけよしとしよう。

心臓の鼓動が早くなる。ご対面までもうあとわずか。

やることは決まっている。こういう時は、開幕初球からフルスイングで当たり前。長い棒がない以上、右こぶしを固く握るだけだ。

「社長さんよう。最初はレジのほうに立ってて、金は店の裏で受け渡しするって木村に言ってくれよ。ここに普段金入れてるんだろ？」

トントンと手提げ金庫を指で叩く。気分が昂っていく。

遠くからエレベーターがフロアに着いた音がした。そして続く足音。どうしてだろう。あいつの足音なんて気にしたこともなかったのに、これが木村のものだとハッキリわかる。まるで質のいいコカインでもキメた直後みたいに、頭がすっと冴えていく感覚だ。

「社長いる？」

ほらな、やっぱり木村だよ。野郎の声だもんな。

カーテンで見えないが、純ちゃんも今頃は自然な動きで入り口に移動しているはずだ。

社長の肩を叩いて顎で指図をする。フロアに出て、こっちに引っ張ってこいという意味だ。こっちから出ていくより、狭いバックルームに誘導したほうが逃亡の可能性は低くなるしな。元よりそういう作戦だ。

「あ、木村さんお疲れ様です、ずいぶん早かったですね？　近くにいらしたんですか？」

いいね、自然な感じだ。

早く連れてこいと思ったが、社長と木村は何やら立ち話をしている様子。声も筒抜けだし、特に勘繰る必要もなさそうだ。盗撮シリーズのどれが売れただの、架空のネットショップがこうだのと、社長はあくまで自然にやっている。これぱっかりは斎藤サン一派に感謝だな。裏ＤＶＤ屋の連中がこんなに協力的なのは、俺がカマしたからではないはずだ。組の威光があってこそだろう。

「お金、こっちに用意してますんで。さあ、どうぞ」

悪いねえ、なんて言いながら歩いてくる音がした。

藍色のカーテンがめくられて社長が入ってくる。直後に、すぐ木村の顔が見えた。純ちゃんの見慣れたスニーカーがばっちりその背後に見えて、もはや木村の逃げ場はどこにもない。

「久しぶりだな、木村」

北斗の拳のラオウじゃあるまいし、よくこんな台詞が出てきたもんだよ。

まあ声掛けなんて何でも良かった。ダウンジャケットの右襟を掴むと、そのまま鼻っ柱に頭突きを入れた。チョーパンみたいに洒落たもんでもない。掴んで、それを引き寄せるようにしながらただ全力で頭を振っただけ。

両手で出血した鼻をふさぐように覆った木村に、そのまま膝を入れる。覆いかぶさった手の甲の上からそのまま。それを数発繰り返していると、木村は膝をついてフロアに飛び出した。

「ちょ、ちょっと待っ……」

会話を試みようとしている？　この俺に？　今さらそんな考えが通用するとでも思ってるのか？　たとえ条件反射で出たひと言だとしても、癪《しゃく》に障る。

なんとなくしていたシミュレーションの通りに——まずは無言になるまでフクロにするんだ。入り口が拳か頭かの違いだけであって、俺の計画に一切の変更はない。

すでに座り込んでしまった木村の上体を、つま先で押して崩す。仰向けで寝っ転がった頭、少し浮いたそいつを踏みつけて地面に叩きつける。バウンドしたそれを何度か叩きつけていると、落ちた。

「純ちゃん、あれ。ちょっとゼニ渡してどうにかしてよ」

無人でもおかしいだろうってことで、特に対策しなかった一般客。スケベそうなハゲ頭に、大学生だかフリーターだかのふたりが凍り付いたようにこっちを見ている。まあ実際びっくりするよな、パケ眺めてスケベな妄想を膨らませていたところにこの事態だ。凍るのも納得だ。

沈黙した木村から視線を外さないまま、ケツポケットから財布を出して放り投げる。

「おっと、危ない」

右に逸れたそれをキャッチすると、純ちゃんは客を寄せに入る。

「お騒がせしまして大変申し訳ない。実は我々新宿署のものでして、あいつ全国指名手配の殺人犯なんですよ、そこでですね……」

即バレする言い訳と1万円札を携えてひとりずつ説得している。

ここを出る、何も見なかった、忘れる。それだけだ。

雑な口止めだが、いいんだ。連中も裏DVD買いに来たらオッサンが砂にされてましたなんて、そもそも言う訳ないしな。

偽刑事は客たちを丁重にエレベーターに乗せると、部屋に鍵をかけた。

さてと。シメすぎて相手がいびきかいたら気をつけろ、って言ってた先輩がいたな。でも、こいつは大丈夫そうだ。

チームメイトにパスを出すくらいの軽めのサッカーボールキックをしたら、木村は意識を取り戻した。サッカーやったことないけど。

*

「よう、起きたか？　元気してた？」

まだ朦朧《もうろう》とした意識のようだが、目を覚ました木村と目が合った。

「何の用かわかるよな？　ほら、これだよ。お前の忘れモノ、届けにきてやったぜ？」

あの東中野の明け方に取り上げた、携帯電話。左のポケットからそれを出すと、木村の目の前でひらひらと見せつけた。

「大変だったんだぜ。落とし主さん見つけるのもよ。交番なんかに届けちまうと、中見られて木村サン困るんじゃねえかなって。なあ、優しいだろ？」

何がなんだかわかっていない、まだテンパり真っ最中の木村に、意地悪く微笑みかける。

「電話、持ち主さんからかかってくるんじゃねえかって。ずっと待ってたんだけどなあ。何勘繰ったのか知らねえけど、寝て起きたら解約されちまってたんだわ、この端末。なあ。なんでだと思う？」

蝦蟇《がま》の油のような汗を額に滲ませながら、声にならない声で木村がしゃべる。

「それは……その……わかるでしょ。だってさ」

ゴスッ。右手に持ち替えた携帯を、金魚のようにぱくぱく動かす木村の口にぶち込んだ。充電器の差し込み口がついているほうを下に、前歯ごとへし折るつもりでぶち込んだ。

しかし、骨が丈夫なんだか知らないが、ぐらつきはしたものの1本も歯は飛ばない。黄色い歯と歯の間に血が滲んでいる。

「アガガガッ。アガッ！」

頭を左右に振ってそこから逃れようとする蝦蟇ガエル・木村。聞くこともあるし、いじめ足りないってわけでもないんだが、どうにも溜まった怒りが収まらない。

なんつうんだろうな。依然として頭はクリアだ。だけど、冷静なままこいつを殺したい。なるべく苦しめて。そんな衝動を自分の中に感じる。冷静な衝動ってのもおかしな話だが、でも、そんなかんじなんだ。

「あれ？　リーくん、それ充電できてないんじゃないか？　もっと奥に差し込まないとダメなんだよ、きっと」

そう言いながら純ちゃんが木村の口に挟まった携帯をストンピングするように喉奥へと押し込む。何度も、何度も、だ。

「お。入った」

木村の頭の横であぐらをかきながら純ちゃんの充電風景を見ていると、大きな携帯が木村の喉奥に吸い込まれていくのを見た。それも束の間、撒き散らかされた吐瀉物とともに携帯は飛び出してきた。

「今の見た？　リーくん。携帯、飛んだよな。すげえじゃんか、お前。今、1メートルくらい飛んでたぞ。よし。もう1回やってみるか？」

驚いたのが、ゲロまみれの携帯を躊躇なく鷲掴みにした純ちゃんだよ。すえた臭いが漂い、社長と店員くんもうろたえる中、嬉々とした表情で携帯を手にした純ちゃんは、木村の口に手を突っ込んでそれをまたぶち込んだ。

そして立ち上がると、また足で押し込む。

「おいよう。お前、これ飲み込んでみろよ。さっきみてえに、もう発射するなよ。ほれ、俺も手伝ってやるから」

つい数秒前とまったく逆のことを言っている。

苦しくなって喉から飛び出す携帯を見たいと言っていたのに、今度は飲み込めとなる。

別にこれは多動症でも何でもない。俺のためにキチガイ役を演じてくれているのだろう。阿吽の呼吸で、木村を一切の反抗がない従順な羊にするためのレールを敷いてくれてるってことだ。

今さらああだのこうだの言われたくない。そんな弁解を聞く筋合いもなければ、局面でもない。だから俺も同調する。

「飲めるよな？　俺たち腐れ縁だろ？　もう全部許してやるから、それごっくんしてみろよ」

「おい、よかったな。これごっくんしたら、リーくん、許してくれるってさ。俺も手伝ってやるよ。ほら。もう半分。こうか？　力、抜いてみろ」

さきほどまでのストンピングとは方針を変えて、心臓マッサージでもするかのように両手で喉の奥に押し込んでいく。木村の顔面は吐瀉物と涙、鼻水と脂汗でもうグジャグジャだ。

汚らしい木村の体液が手にまとわりついたのも意に介さずに、ブツブツ言いながら押し込み作業を繰り返す純ちゃん。この相方に友情を感じた俺は、歪だろうか。

結局、半分押し込んでも半分戻ってくる。その繰り返しに業を煮やした俺は、立ち上がって鼻のあたりを思い切り踏みつける。足元で木の枝が折れたような感触があった。まあ折れるよな。そのつもりでやったし。


再度、吐瀉物を撒き散らす木村。今度は混ざった血の量が多いな。こんな汚らしい野郎でも鮮血は赤く、きれいだ。吐き散らかした胃液の中に流れるその深紅の線は、まるで掃き溜めのアートか。

「ゴホッ、ゴホッ。……もう全部しゃべるから勘弁してください」

哀願、ってやつだろうか。これが？　哀しそうに、見えない。今さら憐れみを請う眼差しで俺に語りかけたところで、固く閉ざされた憎悪の門は開けないのだ。

「あれ？　なんかあったはずだろ。なんだっけ。店員さん、俺たち何聞きに来たんだっけ？」

　突然話を振られた店員は、ビクッとした様子でたじろぐ。

「それは、えっと……ミヤハラさんのところにも粗相して、みたいな。あと、彼女さんがその……アレしちゃったんですよね」

　木村の髪を掴み、じっと目を合わせながら口を開いた。

「ああそうだよ。でも、なんでもしゃべりますったって、今さら弁解もねえだろ。他なんかあったかなあ。シメたら用事忘れちまったよ」

　掴んだ髪を離すと、もう腰に力の入っていない木村は頭から床に倒れた。

「逆に言いたいことあんのかよ？　ありもしねえゼニのケツ押し付けてよ。女ハメて動画にしてくれちゃって。筋悪の不良までぶつけやがって。他になんだ？　俺のために貯金でもしてくれてたんなら、言ってくれよ。なあ」

「……女って言ったってさ。まさか本当に付き合ってるだなんて、知らなかったんだって。あんな性悪のヤリ……あっ」

　何を口ごもったかはわかったが、追撃の拳は入れなかった。

「性悪のヤリマン。だったらなんだ。中卒のプータローとお似合いでいいだろ。なあ。お前はそれ言えた立場か？　俺が女にしたってわかって、それでもてめえは動画売ってジャリ銭稼いでるんだろうが。女がどうのこうの言っててんじゃねえんだよ。なめてんのか、テメエって。俺はそう言ってんの」

場面の口上だ。女がどうのこうので、ここまでキレてるのなんて純ちゃんも唐仁組も、そこにいるビデオ屋のあんちゃんですら、わかっているはず。


だが、性悪のヤリマン。ついでにさっきまでそこにセルが並んでいた女を心の底から好きだと言えなかったのはなぜだろうか。

胸に棘《とげ》が刺さったみたいだ。初めて安全ピンでピアスを開けた、あのチクリとした痛み。場面の流れの中とはいえ、なんだかある意味、あいつに悪いと思った。

＊

「で、どうする？」

すっかり戦意喪失の木村に、静かに語りかける。

「どうするって……そりゃ、動画消すよ。それにええと……謝る」

すかさず木村の左耳を掴んだ純ちゃんは、耳元にダイレクトで怒鳴り倒す。

「当たり前のこと言ってんじゃねえぞ、てめえ！」

「そりゃそうだ。消して詫び入れて有り金詰める。当たり前のことだよな、木村。俺が聞いてんのは、その後にお前どうすんのって。そういうことだよ」

「どうするって……もう、真面目に生きるよ。普通に地元で地に足つけて働く。今回のことは、それで勘弁してほしい……です」

ぼこぼこの顔で泣き落とし。よくあるパターンすぎて、突っ込みに困った。それにこいつ、また嘘ついてんだもんな。

「地元ってお前。生まれたの、東中野だろ？　自分で言ってたじゃねえか。それをお前、遠くで静かにします、みたいなフカシこいて。頭沸いてんのか？」

「なあ。同情引こうとしたのか？　このオッサン」

まあ、テンパってるせいもあるだろう。一刻も早くこの場から逃れたい。そんなかんじか。


こうなっちまうと、本当に反省しているのかを見極めるのは不可能だ。

自分もさんざん悪いことやってるくせに、解放した途端にサツに飛び込む自爆野郎は死ぬほど見てきたしな。

土壇場での「勘弁してください」ってやつは、ポン中が言う「今日でやめます」ってのと同じだ。梅雨時の天気みたいにコロコロ変わるから、まるで信用ならない。

「お前さあ、ひとつ忘れてると思うけど、俺にケジメつけてさよならつったって、唐仁組どうすんのよ。武村と組んで、斎藤サンの女かなんかヅケちゃったんだろ？　今回は『お先にどうぞ』って話で俺が来てるけど、段取り組んでもらっちまってるんだから、用事終わったんでこいつどうしますかって。俺だって言わねえといけねえし。わかんだろ、それぐれえよ」

「あ。俺もそれ、気になってたんだ。どれなの、その子。なあ店員。どれだよ、親分のオンナって」

出たよ。じっとしてらんないんだろうな、純ちゃん。多動症チックというか、なんというか。色とゼニの話になると、特にひどい気がする。

「どの女性がどうとは……当店も申し上げかねます」

店員も困っている。

「なあ、おい。どれがどれって面割るのやめとけよ。いいことねえだろ、知ったところで」

「でも……どっかのクラブのオンナなんだろ？　顔だけ！　顔だけでも観たいいん

だよ、リーくん」

「いいからやめとけって。それより、こいつの持ち物検査って終わった？　純ちゃん、ちょろまかしてねえだろうな？」

「ちょろまかしてるわけねえだろ、えっと」

ポケットから分別された木村の荷物を出す。10万のズクが2つ。自分名義のキャッシュカードが1つ。それとは別に、飛ばしっぽい地銀の板が4枚。クレジットカードの類、なし。

「おいおい。まさか20万ってわけないよな、全財産がよ。今から下で残高見るから嘘つかずに、どこにいくら入ってるかと暗証番号、言えよ」

「それが……いや、あの。嘘ついてるとかじゃなくて、ですね。本当にそんな入ってないんです。飛ばしのやつは金に困って金融の横抜きやってて、もうたぶん入ってないし。自分名義のやつも50あったかな。本当嘘ついてないんで。今、暗証番号言います」

キャッシュカードごとに言われた暗証番号を、純ちゃんがメモしていく。たかが4ケタとはいえ、俺たちみたいな3歩歩いたらたいていのことは忘れてしまうチャボみたいな人間は、メモして正解だ。

「カメラ写りたくねえな。そこの馬鹿が嘘ついてて口座にたくさん入ってたら、頼むよリーくん。出しかましてリスクとるの、俺なんだから」

指を丸めてゼニの形を作る純ちゃん。熱烈な猛アピールをしながら、颯爽と店の外へ出ていった。強欲なやつだ。


室内で悪いなと思いつつも、タバコに火を点ける。フィルターに返り血が滲んで見栄えは悪いが、いつものハイライトのマイルドな味わいだ。やっぱりこれくらいガツンとこねえとな。体には悪いんだけど。

深く吸った煙を吐き出しながら、木村にクンロクを入れる。

「おめえもよ、こんなことやってたらいつかめくれて大惨事になることくらい、わからなかったのか？　あんな厄ネタをケツにつけて勘違いし始めたのが、終わりの始まりだよ。気づいてたんだろ？　ずっと同じところには居れねえって」

我ながらえらそうに講釈をたれた。ペコペコと反省する素振りを木村は見せるものの、もうこんなやつの腹はわからない。

まあ、あとは唐仁組に引き渡してさよならだ。タメになるような説教話をしたところで、二度とこいつと会うことはないだろう。

電話が鳴る。

「おう、純ちゃん。どうだった？　はぐれメタルでもいたか？」

「それがさあ。本チャンに46、これは出せて、飛ばし3つはスッカラカンだったんだけど、1個暗証違うんだよな。リーくん。この千葉銀行のやつ、3977で合ってるか。もう1回、聞いてくれない？」

木村に目をやる。するとやつは咄嗟に視線を逸らす。

「おい。千葉銀行、番号違うって言ってるぞ。3977じゃないってよ」

木村がゴクリと唾を飲み込む音がした。しどろもどろになりながらも、下手な釈明を始める。

「あっ。それもしかしたら、一番古い板だから、止められちゃってるのかもしれない。リーくんだって、この期に及んで俺が嘘つかないなんて、わかるでしょ。暗証番号の嘘なんて今さらつかない、ですよ」

これまたポン中が言う「薬をやめます」と同じだ。

俺の相方は〝暗証番号が違う〟と言った。板が止められているなら〝このカードはお取り扱いできません〟になるはずだ。

番号が違う。止められている。抜けたところがある純ちゃんでも間違えるはずがない。つまりはポン中の戯言と同じ。できもしねえことを言ってるだけ。要は嘘つきだ。

「おめえも馬鹿なやつだな」

床でタバコを消すと、そんな台詞がぼそっとこぼれた。

「ほら、立てよ」

そう言いながら、床で正座をしている木村に手を差し伸べる。

いぶかしげな顔で、不思議そうに俺の右手を頼る木村。野郎が起こしてもらえると思って安堵の表情を見せた、その刹那。俺は小指と薬指を一気に反対方向にへし曲げた。

割りばしが折れるような音がした。同時に嗚咽にも似た悲痛な声が室内に響く。

「ほら、4ケタ言ってみろって」

「……4、8、2、6です」

「ああもしもし？ 聞こえた、純ちゃん？」

「聞こえた、聞こえた。4826ね。今メモるから、悪いけどもう1回言ってくれない？」

こんな必死に隠すってことは、意外と残高、あるんじゃねえかな。金なんかじゃ解決できないことも、残されてはいるが。

＊

つなげたままの電話の向こうから、ＡＴＭのガイダンスが流れている。Ｓのかけ子にでもなったような気分だよ。

「純ちゃん、どう？　４８２６だからな、間違えんなよ？」

「わかってるって。えっと」
ピ、ピ、ピ、ピ。ナンバーキーを叩く音が聞こえる。すると突如電話がバグったのかと思うようなボリュームで純ちゃんが叫んだ。
「マジかよ！　リーくん、やばいぞこれ……。一、十、百、千。そうだよな。１２００万入ってる！」

興奮した音声はもちろん、携帯からダダ漏れ。裏ＤＶＤ屋のバックルームが一気に熱気を帯びる。

木村に目をやると、なんとも言えない表情だ。上目遣いでこちらを見てやがる。さっきへし折った指を大げさに握って押さえながら苦悶する木村。それをサディスティックに見下ろす俺。これはなんなんだ？　哀願？　諦めの境地ってかんじではないな。

何か言いたそうではある。

だが、今俺に物を言おうもんならまた拳でも飛んでくるんじゃないかって、そんな勘繰りが垣間見える下卑《げひ》た表情だ。

「しっかり持ってたなあ、オッサンよお。なんだよ、このとっておきの板は？　何やったゼニなんだ。これ？」

「……そんなのもういいだろ？　どうせ持ってくんでしょ」

「一応聞いとかねえと。俺の女ＤＶＤにしたゼニかもしれねえし」

「違うって。……ああ、もういいか。それ武村さんの名前で集めてた顧問料だよ。だから俺のじゃないんだ、まだ手も付けてない」

「ああ？　ミカジメみたいの取ってたもんなあ。メールにそんな文面がたくさんあったわ。話してみろよ、一応聞いてやるから」

どうやら木村は、同業の援デリやＤＶＤ屋、きなくさい商売してる知り合いに片っ端から唐仁組と武村の名前を使って守り代を取っていたようで、そのストックがここにされていたとのこと。武村が実刑になるのか破門になるのか、そこらへんの見極め期間だから、木村もまだ触らなかったらしい。

「でもこれ、お前が勝手にやってるだけで武村は知らねえんだろ？」

「それは……報告をまだしていないだけで、タイミングでちゃんと言うつもりだっただけで……」

「たっだいま〜♪」

息を切らした純ちゃんが戻ってきた。手に紙封筒を携えて。

「とりあえず50万だけ下ろしてきたけど、すげえ入ってたぞ！　オイ、木村！　てめえ金持ちじゃねえか、この〜」

このゼニがどうしてあそこに収まっていたか。木村から今聞いたばかりの事情を純ちゃんにも話して、どう思うかを聞いた。

「それってどこまでいっても、こいつがうちの兄貴と唐仁組をカタって巻き上げたゼニだろ？　要はこいつが詐欺してたわけだ。実際に兄貴や唐仁組が面倒見ている店からのゼニじゃないわけだし、現時点だとこいつのゼニってことになるよなあ？」

「そうなんだよ。わかってるな、相方は。どこまでいってもこいつのゼニなら、俺はこいつからケジメ取っていいって言われているわけで、斎藤サンもミヤハラもそのつもりで俺に下駄履かせてくれたんだから、全部俺のでいいはずだ。

木村の馬鹿が組の看板を悪用して集めた金も入ってたみたいなんで、いくらか置いてきますよ――これで済みそうな話。身柄を渡す時に、さらっと帯のひとつでもつければ、どうにかなりそうだよな。

「あ、でもお前あれか。斎藤サンの女、ヅケてDVDにしちまったんだよな？」

純ちゃんは、ふと思い出したように口を開く。

「ヅケるだなんて、そんな。向こうがやりたいって言ってて……」

話の途中で、俺は折れた木村の指を掴んでねじり上げる。当然、悲鳴がフロアに響く。

「おいよお、理由とか起承転結を聞いてるわけじゃねえんだよ。斎藤サンの女ヅケてDVDにしちまったんだよな？　これだけ、これだけに答えろ」

掴んだままの指を反対方向に捻りながら、俺は質問を重ねる。

「うっ、はい、ヅケてＤＶＤにしました」

「そうだろ？　それだけ言えよ、てめえは」

木村の頭を叩いた俺に、純ちゃんが目配せをしてくる。もう締めすぎるなって意味なのかな？　純ちゃんは余裕で伝わっていると信じているかのような目配せだったが、俺には意味がいまいち。

いったんこの場面は仕切らせろって意味なのかもしれない。そう捉えた俺は、そのまま純ちゃんの口上を聞くことにした。

「だったらよ、そっちにはそっちでケジメつけないといけないよな。でもそれは俺の兄貴の名前使われての話だから、俺が間入ってやるよ。今ある金で話つくようにやってやるからよ」

ダメだ、コイツ。あんまり考えは深くないようだ。突然湧いた現金を前に、くらっちまったのか。

「まあいいよ、そんなの。もしあっちにゴリ押しされたら、どうせまた考えないといけねえんだから。そんなことより残りの残高、ヨコ振ってすぐ出せる段取りしてよ。それが一番大事」

ヨコ振るってのは、ＡＴＭから現金を下ろすのではなく、別の都合のいい口座に振り込ませるってこと。振り込みで出せる金額は1日の上限がある。さっさとこれを完了しないことには話を畳めない。

「千葉銀行って京王プラザの近くにあったよな？　あそこまで行けばこの時間でも振り込みできる。同じ銀行同士なら、残り全額いけるはずだ」

そうと決まったら話は早い。上着を引っかけた純ちゃんは、小走りでまた外に出ていった。

残るは木村の処遇だ。座り込んでるオッサンに目をやると、泣き落としをかましてきた。

「リーくん、これ相談なんだけど、あっちに身柄渡すって、それだけは勘弁してくれないか？　金は全部渡しただろ？　リーくんの目に見えるところにも出入りしないから、唐仁だけは勘弁してくれ」

多いんだよ、こういうの。ゼニ出せばカタがついたと思うから、こんな甘えた台詞が出てくる。

紙切れなんか、復讐心を満たすための一番便利なツールであるだけで、それがすべてではない。こんなもので俺をハメたこと、美香をどうのこうのしたことのすべてが終わるわけがないんだ。

心に宿った黒い炎ってやつは、いくら水をぶっかけたところで完全には消えねえんだ。たぶん、一生こいつはくすぶり続ける。

「ダメに決まってんだろ、タコ。俺だって向こうに段取り組んでもらってお前に会えたわけなんだから。そういうルールだってことくらい、わかんだろ。よお、店員さん。水、2つくれないか？　喉渇いちまった」


どうして木村の水まで頼んだのか。こいつのことは死ぬほど嫌いなのに。そしてこの後、唐仁組にバチバチにシメられた後は、二度と会うこともないはずなのに。

家で待つ美香のことを考えた時に、こいつはこいつで俺の人生の一部だと思った。

それが憎しみに染められていたとしても。

*

最後は呆気なかった。用事が済んだ旨をミヤハラに電話で伝える。

すぐ若い者に迎えに行かせるから、そこで待っててくれ。オヤジに別途、お礼の電話を欠かさないように――その2点を早口で告げられて電話は切れた。

「俺、どうされると思う？」

市場へ運ばれるドナドナの子牛のように潤んだ目で木村は俺を見ているが、俺にはかける言葉がなかった。

「別に命は大丈夫なんじゃねえの。1から10まで全部お前が悪いんだから、ありがたくヤキでもぶっ込こんでもらえよ。個人的には、悪さするその指もいらねえと思うけど」

そうだ。お迎えが来る前に、銀行のゼニがズラせたか確認しなくちゃ。純ちゃんの携帯を鳴らす。

「どう、そっち。唐仁組呼んじゃったからさ、状況教えてほしいんだ」

「状況？　ズラし先の板はもう用意できて、今から入れるところ。けっこう近いダチの本チャンの板なんだけど、別にこれタレでないから大丈夫だよね？」

余罪まみれのこの男が「恐喝されました」なんてサツに飛び込む可能性は限りなく低い。足がつく身内の板でも、別に問題はないだろう。

「あ。でもそいつ、5％くれって言うんだよ。その代わり、現チャンで全部出してくれるってさ。別にいいよね？」

「全然いいよ、そんなの。じゃあゼニは明日以降にでも用意するようにして。それより純ちゃん、木村が唐仁組に連れてかれる場面、見なくていいのか？」

そう聞くと純ちゃんは「俺は肉は食べるけど、と殺現場は見たくないタイプだから」と、どこかピントがずれた台詞を残して電話を切った。


さて、後片づけをするか。木村を派手にぶっ飛ばしたせいで荒れたバックルームを眺めながら、裏ＤＶＤ屋の店長を呼んで話した。

「散らかしちまったの、ごめんな。明日にでもいくらか持ってくるから。あと、ＤＶＤの処分は頼むぞ。俺の女のだけじゃなくて、木村が持ってきたの全部きれいにしてくれ。さすがにわかってるよな？」

今まで買った客がコピーしているリスクはあるし、いわゆる木村シリーズのＤＶＤに出た女の痕跡をすべて消し去ることは不可能だ。ここからはいかに被害を最小限に抑えるかってだけ。

まあでもいいんだ。木村をぶっちめてる間に考えてたけど、自分の女が自分と知り合う前に誰かに抱かれてるなんて普通すぎる話で、それがたまたま映像に残ってるって、それだけの話。そう、思い込むようにしていた。表のメーカーから流通するより逆に良かったんじゃないかってね。何度も自分に言い聞かせているうちに、自分の中でも事実を飲み込めるようになってきた気がする。

そうこうしていると、エレベーターホールからぞろぞろと男たちが入ってきた。わかりやすいヤクザって感じの御一行様だ。

スーツがひとりにジャージが4人。スーツが一番偉いんですよって言ってるようなもんだなよ、これは。

義理ごとのお使い帰りの下っ端がスーツで合流って線もなくはないが、配置的にも真ん中がスーツだし。これだな感しかないよ。

「どうも。さっきミヤハラさんに電話した件ですよね？」

俺から挨拶をした。震えている木村を足で転がしながら。

「あんたがリーさんね、唐仁組の山上です。武村のことでいろいろあったそうで、あれ俺の兄貴分なんですわ。まあ今日する話じゃないからええんやけど。おい、こいつ下の車運んどけ」

山上という男の号令とともにジャージたちは木村を起こすと、両サイドからロックして連れ去っていった。さっきも思ったけど、マジで市場に売られていく子牛みてえだな。

エレベーターに乗る際、最後に少し木村と目が合った。

ある晴れた昼下がり、市場へ続く道。何も知らない子牛でさえ、売られていくのがわかるのだろうか。そんな歌詞だったか。

でもあのオッサンは「何も知らない」どころか、裏社会ってやつのルールをすべてわかった上で行動していた。連れていかれる先が市場なんかじゃなく、おいしく料理なんてしてもらえないことも、自分が一番わかってるんだろうな。


裏スロなんかで一緒に遊んだこともあるやつだった。今はもう、決して許せる野郎ではないけれど。それでも心の中で、「あばよ」って唱えた。もうあいつをこの街で見ることもないだろうから。

「で。正味の話、いくら取ったん？　あ、これ寄こせいう話じゃないよ？　一応聞いとかんと」

ヅケヅケと山上がそう聞いてくるので勘繰ったが、どうせ木村は全部吐く流れだし、正直に伝えた。ブロックひとつと、数百万。口座をスライドさせただけで、まだ手には乗ってないってところまで。

「いいシノギになったんじゃないの。うちの叔父さん知っとって良かったなあ、リーさんも。でもカタギがそんなことしてたら、普通はおかしな話になるからな。あんたもよく考えたほうがいいよ。オッサンらにそのことちゃんと話して、包むものちゃんとしておくことやな。じゃあ、さいなら」

歌舞伎町に根を張る唐仁組で関西弁ってのも、なかなか珍しい気がする。

武村の舎弟だったってのは気がかりだ。俺がきっかけで破門の騒ぎになってるわけで、どう思われてるのか。

山上が武村を慕っていたなら恨んでそうなものだが、しがらみでもらったような盃なら、逆にいなくなってラッキーくらいに思ってるパターンもありそう。

少なくとも、あれについていっても、いいことはひとつもなさそうなネジの外れ具合だったからな、武村は。まあいいや。付き合いする訳でもないし、気にするだけ無駄か。

「弁財天の公園のとこでタバコ吸ってるよ」

山上が去った後、俺も店を出て純ちゃんに電話を入れた。

「ミッションコンプリートだぜ、兄弟。明日下ろして持ってくるって。午前9時、俺たちは大金持ちになります。金ゲットなんです」

兄弟？　俺たち？　まったく、俺だってまだ傷心モードだってのに、もう分け前の話でそわそわしてやがる。

でも、そのバカさ加減が逆に笑えてきた。純ちゃんには人を元気にさせる能力はあるのかもしれない。底なしのバカだけど。


たしかに、結構まとまったゼニが入ることにはなる。

思えば美香に物を買ってやったこともなかった気がする。あいつはあいつでクリニックで引いたブツ捌いてみたりと、よろしくないことで小銭稼いでたし、共働きみたいなかんじだったもんな。

そういうシノギもやめさせるか。

俺も、もうちょっとましなシノギを見つけて、それで――。

結婚でもしよう。なんて考えがちらついた自分にびっくりした。

やっぱり俺、あいつのことが好きなんだな。目押しが失敗してリーチ目が続けて出たみたいに、そのことを再確認した瞬間でもあった。

さて帰るか。吸い終えたタバコを地べたに放ったが、ここお寺なんだよなと思い出して拾って、さくら通りのゴミ箱に捨てた。

なんだかいいことした気分。チンピラのくせに偉いじゃねえかよ。

飛鳥クリニックは今日も雨

肌寒さもピークに差し掛かった2月のとある朝。

如月の由来は寒さが厳しい時期のために、「更に衣を重ね着する」という意味から「衣更着《きさらぎ》」になったらしいよ。

なんで中卒の俺がこんなこと知ってるかっていうと、先輩に聞いたからだ。

その先輩も中卒なのになんで知ってるかっていうと、これはもう地元の七不思議だよ。難しい言葉、いっぱい知ってる人でさ。貧乏すぎて家に本が辞書しかないんじゃねえかって噂も立ったほど。

まあ、でも。俺は2月が好きだ。如月って漢字の見栄えもいいね。月が如く、みたいな。誰かが放った光を受け止めて、そいつで夜の街を照らす。なんだかロマンチックじゃねえか。

朝の9時に起きてなぜ、こんなことを考えているのか。それもまた2月の肌寒さのせいだ。ビビるだろ？　窓が全開なんだぜ？　2℃か3℃かってくらいに冷え込んだ朝なのによ。一歩間違えれば風邪引いてもおかしくない。

「寒い。なあ、もう窓閉めてもいいよな？　いい加減によ」

散らかった部屋に掃除機をかけている美香に、不機嫌そうに問う。

「ダメだよ、リーくんが悪いんだから。タバコは換気扇の下ルール忘れたのは自分だし、それに今、掃除機かけてるの、見てわかるでしょ」

またも却下だった。もう3回は同じ質問をしているが、お掃除が終わるまで、勘弁してもらうことはなさそうだ。

「マリファナはよくて、なんでタバコにはそんなうるせえの。同じ植物だろ？」

屁理屈をこねると、じゃあこれからはジョイントも外で吸えと。

修羅場から帰ってきてまだ1週間ほどだってのに、どうして俺がサツの目を気にしながらわざわざ外で草吸えってんだよ。


そうだ。風呂に入ろう。シャワーでも浴びれば温まりそうだし、さっぱりしたところには、このうるさい機械の電源も切れてそうだ。

「俺、風呂入ってくるわ」

しかし返事はなかった。なんていう名前なのか知らないが、狭い場所のごみを吸うアタッチメントに付け替えて、美香はベッドの隙間に集中していた。

歯磨きした後、さらっと湯を浴びて数分。仕上げに金玉の裏を洗い終えてシャワーを止めると、あの煩わしい音が止まっていた。

ドアを半分開いて、

「窓閉めたか？」

と確認してから出る。

タオルにくるまって、暖房をマックス30℃にした。冷房も暖房も、昔から俺は半端な数字が嫌いで、16℃か30℃しか選んだことがない。なんの自慢にもならないが、少しそれが誇らしい自分がいる。やっぱこれも中卒だからか？　なんてな。

それにしても、すっかり目が覚めちまった。昼すぎまでたっぷり寝るつもりだったのに。


あの日の翌日。計画通りにスライドした千葉銀行の口座から、純ちゃんが板、その他諸々の経費を引いて1200万弱を持ってきたんだ。

例の山上が唐仁組にもいくらか包めっていうんで、

「気持ちで2本持ってきました」

って言ったら、それでカタがついた。

もっとしつこく食いつかれると思ったら、あっさりでびっくりした。俺にしたことの負い目を感じていたとは思えないが、斎藤サンが景気のいい親分さんだからってのもあるのかな。

なにしろ、箪笥の中には一千万。それが我が家に眠っているのが、この朝9時45分、新宿区東京のリアル。純ちゃんの取り分はなんといったらいいのか、少し妙な形になった。

「お互いこのまま街ぶらついてても、いくらもいかないだろ？　それならこの金で一緒に何かやろうぜ。リーくんのほうが頭よさそうだから、金は預かっててくれ。その代わり、浮きが出たら配当は頼むぜ」

そんな調子だった。まあたしかに、純ちゃんは博打も太く打つタイプではないし、酒だ女だブランド品だってタイプでもない。

とはいえ、まだ知り合ってそう長いわけでもない俺のところに、よくまとまったゼニ預けられるよな。俺だったらどうだろう。それを考えたんだけど、意外と俺も同じことできるなって。それだけ濃い時間を過ごしたのかもしれない。小学生が会ってすぐ友達になるのとは違う、なんだろうな。お友達ができた、ってかんじ。

美香には前から何か好きなものを買ってやるって言ってたんだけど、

「考えとく。今そんな欲しいもの、ないかも」

こればっかり。俺のほうもゼニの使い道がない。

さっき見たかんじじゃ、外は雲ひとつないんだもんな。窓から見える都庁方面は真っ青だった。

「美香、ちょっと買い物行くから支度しろよ」

掃除機をかけ終え、台所で洗い物をしていた美香に、唐突に切り出してみた。

「支度って、どこまで買い物行くの？　コンビニ？」

「コンビニってそりゃおめえ、買い出しだろ？　買い物ったら伊勢丹だろうが」

「ああ、またあの話？　本当に今ほしいものないんだってば。何か見つけたら言うから、今日はいいよう」

「いや。お前が起こしたんだろ。俺はやるって決めたこと、サクサクやりてえんだよ。ほしいものないって言うけど、行ってみればなんかあるかもしれないだろ。出会いってやつが」

「え〜。でもさ。そのお金。純くんに言わないで使っちゃっていいの？　リーくん、電話したの？」

「いいんだって、全部使うんじゃねえんだから。最低半分、本当は200万でも残ってりゃいいの。男のゼニの取り分の分け方なんてわかんねえんだから、いちいち気にすんなって」

いや、でも寒いし。お前が窓開けたんだろ。でも今日じゃないほうがいいな。明日も同じこと言うだろ。なんで今日がいいのよ。二度寝する気分じゃねえからだろ。パチンコ行けばいいじゃない。俺がやるのはパチスロだろ。本当に行くの？　だから行くんだって。

押し問答の末、「そんなに言うなら行こうかな」。これを聞けたのが10時30分。美香の化粧が終わるのを待って、散歩がてら歩いて出かけたら、ちょうど昼飯のいい時間だ。

ばっちり化粧をキメて、シャネルのエゴイストオードゥトワレットを軽く振った美香がブーツを履いたのは、結局11時40分。散歩でもと思ったけど、なんだか待ち疲れしてしまった俺は、小滝橋通りでタクシーを停めた。

「え～。歩くって話はなくなったの？」

「いや。歩きにくそうな靴だから、こっちのほうがいいだろ」

「まーた嘘ついてるよ、この人。自分がめんどくさいって言えばいいのに」

「ちげえよ。俺はお前の安全面からなあ……」

また屁理屈を並べようとした俺の左手に、美香の細い指が絡まってきた。

＊

10分とかからず辿り着いた新宿の伊勢丹。1階のアクセサリーフロアで20分。奥のバッグコーナーを何周か。エスカレーターを上ったり下ったり。いくつものブランドを回ってみるも、なかなか〝ほしいもの〟は見つからない。

結局戻ってきた1階で「これにしようかな」と美香が手に取ったのは、ブルガリだった。バッグか時計でも買うのかと思ったら、真剣に見つめているのは財布。手袋をはめた店員さんを横につけ、いくつもの財布たちを並べている。

目が覚めるような真っ赤な生地に、ブルガリのアルファベットがあしらわれたリングが真ん中にあるタイプが目に留まった様子。俺の趣味とは真逆すぎて、つい言ってしまった。

「本当にこれにすんの？　赤い財布は『赤字』で縁起が悪いって話、先輩から聞いたことあるぜ」

「えー、だってこれかわいいじゃん。この赤がいい。三つ折りだから使いやすそうだし。その先輩、何してる人なの？」

「そりゃあれだよ、ポンでおかしくなって飛んだ人だけど……」

「じゃあ私、信じない。これにする。リーくん、なんでも買ってくれるって言ってたよね？」

「いいけどこの財布、エリミンのシートみたいだな」

「あの赤のかんじ、好きだけどね。生活費のお世話にもなったし」

「そうか？　なんか『体に悪いです』って書いてあるような色じゃない？　俺は嫌だな」

ブランド品を買いながら交わす話ではないな、なんて思いつつ、目の前の財布がアリかナシか議論が展開された。

でも実際、処方箋薬で小遣い稼ぐのもやめさせないとな。そういうシノギなしでも、俺たちはやっていける気がする。

とはいえ、俺的にはたまに草のワンツーくらいはしたい。ささっとタクシーワンメーター往復するだけで帯は抜けるってんだから、これを捨てるのはなかなかだよな。太い客もいることだし。

聖人君子になりたいわけではないから、俺まで一緒によろしくないシノギをやめる必要はない。でもこいつはなんというか、闇に染まりやすいというか。そういうところがあるから。

俺はこそこそイリーガルをやりつつも、こいつは真面目にさせる。それが一番か。

浮いた1200万を元手に純ちゃんとなんかやるって話もあることだしな。

「ねえねえ、リーくん、私の話聞いてる？　結局これ買っていいの？　ダメなの？」

「あ、悪い。考え事してた」

「これが一番ほしいんだもん。それかもう1周、する？」

ヴィトンだのグッチだのドルガバだの、あのコースをもう1周回るのはごめんだ。店員のセールストークを真面目に全部聞きやがるもんだから、1軒1軒の滞在時間が長いし、足も疲れてきた。

「本当にそれがいいなら、それでいいよ」

「やった、大事にしますので」

値札を見ると、10万しないくらいか。あぶく銭だし、ダイヤモンドでもバッグでも良かったんだけどな。まあ、美香がこれがいいって言うなら、俺もそれでいい。

ピタッときれいに畳まれたズクを店員に渡すと、変な目で見られた。なんだ？　伊勢丹なんか闇金や詐欺師もいっぱい来るだろう。ズクがそんなにおかしいのかな。

「ラッピングはしますか?」

という問いかけを断ろうとした俺を制して、「お願いします」と言う美香。

「だってプレゼントもらうの初めてだから。リーくんがそういうの気を遣ってくれないから、自分で初めてのプレゼント感、演出するんだ」

そんな言い分だ。


まあでも、たしかにそう。好きなもん買えよってテーブルの上にゼニ置いたことなんか何回もあるけど、面と向かってプレゼントなんてしたことはなかった。

「いいでしょ、別に自己満足なんだから。こうするほうがすごく好きな人からプレゼントもらったみたいじゃん」

満足げな美香を横目に俺はお釣りをもらい、包みを受け取った。

「領収書はどうされますか?」

って、いるわけねーだろ。無職なんだから。今日は大丈夫ですって適当に雰囲気つくって、明治通り口から伊勢丹を出る。

飯でも食ってから帰るかなんて話をすると、

「私なんでもいい」

だってよ。女のこういうのが一番困る。俺が食べたいやつでいいなんて言われたけど、別にたいして腹も減ってないしな。

ちょうど、靖国通りに差し掛かる手前にあった富士そばが目に入り、

「なんだろうな……そばとか、軽い感じのやつ？」

会話の時間稼ぎじゃないけど、そんな気もなく出てきた言葉に、美香が賛同した。

「お蕎麦いいじゃん。あ、あそこにお店、あるよ？」

と来たもんだ。

「おいおい。お前、伊勢丹でブルガリの財布買って富士そばって、俺をなんだと思ってるんだ？　椅子にも座らせねぇ店で蕎麦食わすほど、俺はお前のこと困らせたことないぞ。蕎麦ならたしか、高島屋のほうに……」

そう言いかけた俺の腕を掴み、美香は言った。

「いまさらカッコつけなくたっていいでしょ。昨日の晩ゴハン、セブン-イレブンだったくせに」

「でも、一応おでかけなんだからよう」

そんなことを言ってる間に、もう券売機の前ってわけなんだな、これが。

「リーくんはお蕎麦が食べたいんでしょ？　なのに、なんでいいよって言うとダメ

って言うの？　なんかさ。人にどう思われるかみたいなの、やめな？」

「蕎麦は食いたいけど立ち食いは恥ずかしいって、俺はそう言ってるだけじゃん。……でもまあ、そういうところはあるかな」

「自分の人生、生きなさいよ。で、おすすめどれなのよ」

「おすすめってお前……そんなのちくわだよ。ここのかき揚げ、半分油だから。ちくわとそれと、とろろかな」

まったく。何が悲しくてポケットに90万ちょい入れて、カップルで月見とろろちくわトッピングを食っているのか。悪くはないんだけどな。

俺がそいつを汁まで飲み干した頃、まだ蕎麦も半分、ちくわ天なんか一口もかじっていない美香に、催促するような目線を送った。すると、

「ねえ、リーくんはバレンタインデーにどんなチョコがほしい？」

ふやけたちくわを切断しながら、美香はそう言ったんだ。


どんなチョコがほしいなんて言われてもな。

サンタクロースがいないことなんて、小２で気づいた人生だった。ほしいものは、奪うかパクるかってやってきた俺に、何がほしいんですかってよ。

「そりゃお前、あれだよ。赤くねえ財布かな。バーカ」

結局、美香は蕎麦を半分以上残した。

*

蕎麦を食った俺たちは、どこか行こうかなんて話もしたけど、ピカデリーの上映ラインナップを見てあれは観たくねえ、これは今度でいいって。そのまま歩いてたらもうガードの手前だよ。

スカウト通りの出口にあるゲーセンで、取れたところで翌日にはゴミになるUFOキャッチャーに、気づけば数千円を費やしていた。

「これ、設定みてえなのがあるんだって。ほら。またズレただろ？」

「違うよ。リーくんがボタン離すの、ズレてたの見た。1回貸してみ？」

これの繰り返し。テレビでも見たことがない、ピンクの熊とうさぎが交じったみたいなやつ。取れたところでいったい何になる？　まさか俺の部屋に飾られるってのか？　そんなのまっぴらごめんだぜ。

そんなことを思いながら、それでもさらに数千円。諦めた俺たちは外に出た。

「あっ。また路上タバコ」

「そりゃ吸うよ、タバコくらい」

車道脇でひっそり吸ってるだけなのに、うるさい女だよ。

「あーあ。外でも我慢できないなら、うちでも換気扇の約束、きっと守れないんだろうなあ、リーくんは」

「はいはい。申し訳ございませんね。じゃあ、1回帰るか」

そう言い終えた俺は、親指と中指の間にフィルター手前まで燃えたハイライトを挟み、対向車線まで飛ばした。

「誰か～。この人、ポイ捨てしましたぁ～」

俺をさらし者にする美香を追いかけていたら、もうアルタの脇だ。ガキの頃、先輩がシンナー売ってた辺り。シンナー、そういえば誰も吸ってねえな。

脳みそと体温が一気に高くなる感じ、嫌いじゃなかったけど。歯が溶けるのと呂律が回らない先輩が多すぎて、地元じゃすぐに流行らなくなったことは覚えている。

「馬鹿野郎」

まるで万引きした中坊を捕まえるかのように、笑いながら逃げる美香の手首をやっと掴んだ。

「おいおい。いくらなんでも人目ってもんがあるだろ？」

「そうなんですよ。でも、それはポイ捨てにも同じことが言えるんですよ」

「だからわかったってての。もう俺は美香さんといる時に、ポイ捨ては一生しません。約束します。いいか、それで」

諦め加減で俺が言うと、

「また勝ってしまった」

だってよ。勝ち負けってこいつ、不良みてえな話しやがって。けど、案外そんな生き方してきたのかもしれないな。


実家の話。家族の話。あえて深掘りして聞くことはなかったけど、何かある雰囲気だった。一度、そんな話になった時、

「家に居場所はないから。私のことなんか、親は気にしてもないし」

なんて作った顔で答えていた。

この日は結局、やることもねえからって家に帰ってさ。朝に掃除された小綺麗な部屋に戻ったんだ。

ここまでかな。俺の回顧録でハッキリした物言いができるのは。

家に着いたら、売人のカズくんから「ヒキの相談がある」って言われて、新宿三丁目のパチスロ屋に行ったんだ。今度は5キロの話が入ったらしい。これを最後のシノギにして真面目にやろうか、なんて考えてた。

バラエティコーナーはいつものように閑散としててさ。イミソーレのレバーを声を出しながら叩いているオッサンがいたくらい。

わざわざ中継場所に呼んでこんな話をするんだから、鉄なんだろうな。となると、いよいよ最後のワンツーか。もう、防犯カメラや夜のパトカーに過剰な警戒をしたくないし、これを仕上げたら、まともなシノギでもしよう。それがなんだかわからないけど、本当にそう思ったんだ。

でも、家に帰ったら。

美香が死んでた。

さらによ。もしかしたら生きているのかも。そんな期待を感じさせる死に方じゃないんだもんな。

手首を切って死にきれないから、首を刺したのか。またはその逆なのか。わからないけど、左の手首と右の首筋から真っ赤な鮮血を出した美香が横たわっていた。

固まった血は、真っ赤なんてもんじゃなくてさ。赤黒くて、世の中の嫌なところを凝縮したような、そんな色だった。

台所にはさ、さっき買ったばかりの伊勢丹の袋がラッピング入りで置いてあったんだ。

部屋はゴミひとつなく整頓されていて。美香の死体さえなければ、未来は約束されていたような気さえして。でも、やっぱり死んでるんだよな。美香とハンズで選んだペイズリー柄の遮光カーテンにも血は飛び散っていて。思い出を汚されたような気持ちになった。

驚くほど冷静に、どうしてこの何時間かでこいつが死んだのか、俺は分析を始めた。涙の一滴も流さずに、冷静に。プロファイリングってやつを始めたんだ。

いや。そんな仰々しいもんじゃねえかな。だって、机の上に裏ＤＶＤのチラシが散乱していたから。美香のパッケージが表紙のやつ。パカッと開かれた美香の携帯電話のボタンを押すと、その裏ＤＶＤのレビュー掲示板だよ。
○○中の●●美香。そうした個人情報から、

《やりそうだと思った》

《昔からヤリマン。あんなの公衆便所》

悪意ある文字列が並んでいた。

　誰がこのきっかけを作ってたかって？　わかってた。木村だろ。そうじゃない可能性もあるのかな。ないよな、タイミング的に。どうせあいつは、全財産を取られた報復で映像を流したんだろう。

　唐仁組は生かして返したのか。斎藤サンにも、ミヤハラにも連絡をした。木村にはクンロク入れて、バチバチに締め上げて残り滓絞り取って、それで解放したっつうけど、じゃあなんで木村はこんなことしてるんですかって。突っ込んで聞いた。もう、的にかけられてもいいって温度で聞いたし、俺は信じられなかった。この街のルールにのっとったレールでケジメをつけたつもりなのに、それでこんな返しがくるのかよ。

「最終処理は山上に任してあるから。そっちに聞いてくれ」

　ミヤハラにそう言われ、電話した山上も答えは同じだった。

「いやまさか。あそこから木村がやってくるとはねえ。俺も思いませんでしたわ。

見つけたら、足腰折ってリーさんのとこ連れて行くから。このたびはご愁傷さまでした。残念でしたなあ」

結局、死んじまったら何もできない。この時、どれだけそいつをわからされたか。チンピラなりに、やったやられたのケジメは、取って取られて生きてきたつもりだ。けれども絶対戻らない、その事実の前には意地とか気合とかそんなもの、1ミリも意味がないのだと気づかされた。

ジョイントのクラッチにされる雑誌の切れ端。その時は大事でも、後になれば何も残らない。そんなもののためにカッコつけたり意地張ったりしてさ。だけど、そんなことしてる間に人は死ぬんだ。どんなに大事な人だったとしても。

後悔先に立たず、なんてよく言ったもんだよな。後になって悔いるより、あの時、もっと何かできなかったかと考えたとしても、故障でもしていなけりゃ時計の針は左になんて進まない。

*

病院の安置所から家に戻った俺は、浴びるように酒を飲んだ。

警察とも消防ともいろいろ話したが、内容はほとんど覚えていない。「事件性はない」なんて簡単に言ってはくれるが、他殺でなくても原因ってやつは必ずあるんだ。

しかも、それは俺がどうにかできた可能性がゼロではないわけで。

意識を失ってから、何時間が過ぎたのだろう。二日酔いの頭痛で目を覚ました俺がテレビをつけると、ディズニーランドのＣＭが流れていた。

喉の奥から出てくる、レモンと酸化防止剤が混ざったような、なんとも言えないもの。それをタバコと缶コーヒーで無理やり流し込みながら、ぼうっとした頭でテレビを眺める。

思えばイベントごとってやつが年々増えてきた気がする。

ガキの頃なんか、夏休み冬休みに正月、クリスマス、それとゴールデンウィークくらいだったはずなのに、今じゃあいろいろあるもんだ。

バレンタインってやつ。いつからこんなに馴染んできたんだ？　お前は「どんなチョコがほしい？」って聞いてたけど、照れくさくて答えられなかったな。

あの頃の俺は、何から何まで言い訳ばかりだった。

人混みが嫌いだから。遊園地は子どもが行くもんだろ。そんな理由をつけては、デートのひとつもろくにしてやれない街のチンピラだった。

明日のことなんか誰にもわかりゃあしないのに、「そのうちお前を幸せにしてやればいい」なんて軽く考えていたのかもな。

「ねえ、リーくん。ディズニーランド行きたい」

そういえば、美香は言ってたんだ。

今、横にお前がいたら、このCMを見てすぐにでも行こうぜって話ができたはずなのに。そんな話を素直にできるようになった今、お前がいないってんだから。


とにかく金がほしかった。いくら入っても右から左。びっくりするくらいの雨が降っても路肩の排水溝に雨水が吸い込まれていくように、財布の中身がパンパンなのも束の間、自慢の時計も質屋と左の手首を行ったり来たり。

安心したかったんだろうな。自分の蓄えを増やすことで安心したかったんだ。何もない俺だけど、これだけあればもう大丈夫だって思いたかった。

それが、だぜ。ようやく道筋が見えてきて、これからある程度はまともにやろうかって。自分のことと同じように、お前のこともちゃんと考える余裕ができて。その矢先にこれだよ。こんな漫画みたいな展開、やってられないぜ。

さて葬式の準備、か。

喪服なんて当然持ってねえから、サカゼンあたりに行かないと。

美香の携帯から親らしき人物を探すのは簡単だった。ママって書いてあるんだから、一発でわかった。

病院で会った初対面のママに、

「俺がもっと気をつけていたら、美香さんは死ぬことなかったかもしれないです。ごめんなさい」

と言った俺。

「仕方ないことだから。あなたのせいじゃない」

作り笑顔で答えてくれたお母さんは、少し歯茎が出ていた。

そういえば、美香も歯は矯正していた。このママ譲りの歯がコンプレックスで治したのかと考えていたら、まだ出会ってもいない頃のお前のいろんな表情が頭の中に入ってきて、涙が止まらなくなった。

だいたい、だぜ？　そんな簡単に死んじまうなら、先に言っておいてほしかったよ。

「もしかしたら、いきなり死んじゃうかもしれないから、大事にしてね」

とか。

「出かけられる時に、出かけておこうよ」

とか。まあ、無理な話か。

ずっと隣にいると思っていたから、あとで幸せにすればいいと思ってたから。そうやって自分を正当化する屑なんだから、俺は。

「リーくんなんて地獄行きだね」

悪さばかりしていた俺を茶化すようにそう言っていたお前は、天国にでも行けたのだろうか。

まあ、良いことと嫌なことは、バカラの罫線みたいにかわりばんこにやってくるものだしな。

貸した金は返ってこねえし、昔のツレもひとりふたりとこの街から消えていく。

体の調子だっていまいち良くねえし、陰惨なニュースは今日もテレビを駆け巡る。

下を向いて始められることなんて、靴紐を結ぶくらいしかねえだろ？　でもなあ、これぱかりは人生泣き笑いなんて言ってられないよ。

お前を失ったこと。大事な人を守れなかったこと。これだけは人生の途中経過、ただの谷間だったと割り切ることはできない。時間が経ったところで、この感情は薄まることはあっても、消え去りはしないだろう。

考え事をしながら買ったサカゼンの喪服は、ネクタイとワイシャツのセットで8000円だった。いいのかな？　こんなペラッペラの着てっても。靴は高いやつだから、なんとかなるか。

まあ、あちらで俺のことをよく思ってる人間はいなそうだし、気にするだけ無駄か。美香のママと話したかんじだと、美香は特に俺の話をすることもなかったようだし。

ただ――好きな人ができて、その人と暮らしているとだけは聞いていたと。あれもグサッと来たな。

支度を終えてからの数日は、今さらどうすることもできないのに、どうしてたらこの結末を回避できたかを考えていた。

葬式の当日になってもそう。

木村と知り合っていなかったら？　いや、それだと美香にも会えていない。

唐仁組が出てきたタイミングでガラでもかわしてたらどうだった？　それも、その時にはもう例の撮影はされちまっていたわけで。

結局、美香が自身に起きているトラブルを隠し事なく俺に相談するには、俺の甲斐性、器が小さかったのが原因なんだろうか。すべてをさらけ出せるほどに、その時の俺は信頼されていなかったのかもしれない。

せめて初期に美香の口から話を聞けていたら。そうも思ったけど、俺が口に出して「好きだ」と言えるようになる以前に、災禍の種は発芽していたわけで。全部を聞いたら、そこで離れちまってた可能性すらあるかもしれない。

裏でその種がすくすくと育っているのを知らずに、同時に愛も育まれていたってところか。ちっとも笑えない話だけど、こういうのもこの街じゃよくある話なのかな、結局。


葬式は結局、十数分で後にした。

お焼香して、端っこで小さくなってたら、もう終わり。

顔は、少し見られた。

でもあいつの同級生らしき人々や親族の中で、どうにも居づらくて、どこの誰とも名乗らずにその場を後にした。

あいつが飛鳥クリニックで眠剤買わせてた女ども、そういえばひとりも来なかったな。連絡も来ないだろうし、当たり前なんだけど、あの街特有のつながりの薄さをこの時ほど強く感じたことはない。

サカゼンのジャケットとネクタイは、帰り道のコンビニのゴミ箱に捨てた。

美香の13回忌ってやつもとうに過ぎたある雨の日。あの頃と比べたらいくらか財布の厚い暮らしを送るようになった俺は、いつもの面々で卓を囲んでいた。トー横でへんちくりんな話が入る、ひと月ほど前だったかな。

「リーくん、また長考かよ？　そういうの嫌われるぜ。サクサクいかないと」

太い金ネックを首に巻き、激しく貧乏ゆすりをしながら横で白い歯を見せるのは、すっかり事件屋と化した純ちゃんだ。

「待ってろって。この13枚の牌をどう芸術的に仕上げてやるか、見せてやるから」

今日も空調の調子が悪い。この牌の手触りがどうにも苦手で、ドライにしてみたり、窓を開け閉めしたりするものの、このボロビルの湿度は高まる一方だ。汗ばんだ手首が気になって、いつだったか取り上げたデイトナを外すと、いつもの癖でTシャツの裾で盤面を拭いた。

勝負手は入ってるんだけどな。配牌から10枚、萬子。さらに2メンツできているところからのスタートで、捨て牌の河が2列目に差し掛かる頃には清一色一通のイーシャンテンだ。そりゃ少しばかり考えたりもするよ。

今、俺の手の中にあるのは、こんな並び。

一萬一萬一萬二萬三萬四萬五萬六萬七萬八萬九萬九萬九萬發

ここに飛び込んできたのが九萬。發を切って純正九蓮宝燈のテンパイだ。トップ目の今、こんな重い手は必要ないってのに、こんなことあるんだな。人が和了っているのは見たことあるけど、どこか中のほうが対子になった端牌待ちだった。一だか九だかは忘れたが。

いわゆる九つの門、ザ・ナインゲートってやつを目の前に、鼓動も自ずと早くなる。

萬子の染め気配は当然めくれているが、まだツモがいくつもある状況で、これは決めちまうんじゃないか。和了ったら死ぬとまで言われている、純正九蓮を。

盲牌した瞬間、親指の腹は一文字の切れ込みを察知した。4枚目の一萬に間違いない、と確信があったが、まるで素人のようにつまんだ牌を目の前で返すと、まじまじと眺めた。

「これよお、ツモなんだけど」

おいおい嘘だろ？

「いいから、1万6000点ずつ、出せよ。つっても、純ちゃんとマサキさんは箱か。悪いね、独り勝ちで」


ご祝儀10万円と、トビ賞ももらわねえとな。役満の祝儀には取り決めがなかっただの、ツモでもロンでも10万なのはおかしいから、5万オールにすべきだだの。あでもないこうでもないが始まったが、祝儀はしっかりと回収した。


まさか、美しく並べられた九蓮の宝燈が照らす先に、まさかあの野郎がいるなどとは、この時には思いもよらなかったが。その思いもよらなかったことが、今現実に起きている。

エレベータの開閉ボタンを連打するこんなテンパった状況の中で、あの日の麻雀を思い返してしまったのは、

「リーくん。そんなお化けみたいな手を和了ってるんじゃゃ、余計な厄ネタまでツモりそうだな。逆に寒いよ、それ」

負け惜しみでしかないと切り捨てた、あの純ちゃんのひと言がなぜか頭に残って

いたからだろうか。あの日、あの時、潜り抜けた9つの門の出口は、純ちゃんに言われたように、厄ネタへ続く災いの道だったのか。

いや、そうでもない。そもそも、あいつがきっかけだったとも言えるもんな。

俺がこの街で燻《くすぶ》り続けた理由も、エアコンの音がうるさくて、でもひっぱたくと静かになるボロビルでシノギを始めた理由も、あの日の出来事がすべての始まりだ。

まるで年少で入れたイタズラ突きのリングみたいに、美香の死は俺を日陰に縛る。

「お前は今さらまともには生きられねぇ」

「白いTシャツなんか着て、お天道様を見上げるんじゃやねぇ」って。夜になると、ちょうどレム睡眠だかの頃合いに、誰かに言われていたような気がするんだ。

*

歌舞伎町のリブマックス前で、野郎を見つけた瞬間。

美香が死んだあの日、体に焼き付いて消えなかった怒りが鮮明にフラッシュバックした。

ひと目で生きてないとわかるほど出血した血液に、プレゼントで買った赤いブルガリの財布。あの赤い部屋の匂いまでもが蘇るように頭の中で再現された俺は、まるで切れ目のポン中が何かの拍子に暴れ出すような、いきなりあの時のテンションだ。〝殺してやる〟ってよ。

「死体が見つからなければ大丈夫」

なんて誰かが言っていたが、この監視カメラだらけの街ではそんなこと、もうできやしないのに。

木村なんて名字、日本全国に50万人以上もいるんだろ。どこで聞いてもおかしくないのに、あれから俺はその名前を聞くたびに毎回ピリついてきた。もちろん年月とともにそいつはどんどんと麻痺してきて、そうまで反応しなくなってきた今になって、ついに野郎が現れた。目と鼻の先に、だ。

西武新宿駅方面へ向かう唐仁組集団の逆サイド、区役所通りに向かう木村を走って追おうとする俺の肩に、ホテル入り口の脇から手がかかる。

「リーくん、こないだ、『耳が大きいのも考えもの』って話したでしょう。今度はその目で見なくていいもん見たんか。損な人やなあ」

情にほだすような、俺を慮《おもんぱか》るような。そんな温度を出しつつも、しっかりストップをかけてくる。山上は自分の若い衆に俺を囲ませて、据わった目で柔和な態度を出しつつも、半径5メートルは暴力が支配している。

とはいえ、引く気なんてさらさらない。

山上が、じわじわと懐柔モードで口火を切った。

「なありーくん。このまま木村を追うってことは、今まで俺と築いてきた関係も全部なくなるんやで？　言わずに我慢してきたことなんかこっちにもある」

「山上さんさあ、ちょっと離してくれよ。そんな話はあとでいくらでも聞くから。そこ、通してもらいますよ」

「いい加減にしろ、このガキ。じゃあ一から十まで話すか？　どこまでいっても、俺をこの渡世に拾ってくれたのは、あの武村の兄貴だ。それをお前とあのバカの弟、それで表舞台立てんようにしたんやろうが。たしかに無茶苦茶なところがたくさんある人だった。だけど懲役行って茶碗取られて、それでも支えているこっちの顔も立てえや」

そうこうしているうちに、木村の背中はどんどん遠くなる。

「いや、でも。それはあっちだって組内のオンナの人から未成年、それに俺の女まで、シャブを使って目茶苦茶やってたじゃないですか。唐仁さんのお偉いさんの愛人だってヅケて撮られて売り物にされてたはずですよ」

「お前だって似たようなもんだろうが！」

山上は突如、激昂した。これまでの付き合いでは聞いたことがないくらいの大声で唸った。

「じゃあ聞くが、十何年もあんなところに事務所開いて、弱いもの食ってゼニにしたことないんか？　そいつが詐欺師やろうと、素人やろうと、我がの飯のため、食い物にしてきたやろうが。薬だあ？　お前だってハッパころころ巻いとるやろう。同じ法の土台であれはダメ、これはいいなんて、堅気のお前が俺に能書き垂れるんか？」

別に俺だって、顎で勝負したいわけじゃねえ。いちいち言い返している時間が惜しい。ただ、そうこうしているうちに、木村は区役所通りに差し掛かっている。ようやく見つけたのに取り逃がすのか？　山上一派と押し問答をしているさなか、あいつが息を切らせて飛び出してきた。ほとんど反射的に俺は叫ぶ。

「純ちゃん、あっち！　小太り、黒のレザージャケット、青デニムにセカバン。区役所通り手前！」

これは15年来の伝家の宝刀、阿吽の呼吸。純ちゃんは俺の意を汲んで走り出した。木村の取り巻きは逆サイドに消えていったから、捕まえてくれるはずだ。それが叶わなくても、足止めはしてくれるはずで。

「あんなの走らせたところで何にもならんぞ」

鼻で笑う山上だったが、俺には見えているものがあった。花道通り方面から巡回に来ていた青服の警官2人組だ。

「山上さん。ほらあれ」

目線を左に動かし、合図をする。

「バンカケ面倒だから、いったん離してくださいよ」

別に見られて困る道具を持っている訳ではないだろうが、デコに絡まれると話が長くなる。あれ見せて、これ見せてが始まることをわかっている山上は、手下に距離を取るよう指示を出す。

「ちょっと移動するか」

そう言いかけた瞬間、俺はディ・マリア級のフェイントでいったん右にダッシュすると見せかけて左に。つまり木村とそれを追う純ちゃんの方向へと走った。当然向こうも追って来ようとしたが、さっきの青服がいい仕事をした。

「おい待て」

なんて叫んだのが失敗だったな。連中得意の「何があったんですか攻撃」に足止めを食らっているのが、振り向きざまに見えた。

明け方のホテル街、少ない通行人の間をドリブルするかのように突破しながら走り抜けると、バッティングセンター前の駐車場に入っていく木村に追いついた。

俺が最後に見た姿よりもずいぶん歳をとった様子で、ほうれい線は深く刻まれ、頭髪もさみしく、肌はシミだらけだ。

もっと驚いたのは、そこに忘れようもない凶暴な男がいたこと。

東中野の援デリで、舎弟もろともぶっ飛ばして以来の嬉しくない再会だ。向こうの腹はまだ、煮えくり返っているのだろうか。

武村は、純ちゃんと精算機の前で対峙していた。

「おいおい、なんだあ？　懐かしいツラ並べて。そういえば罰ゲームの続きがまだだったなあ」

「古い話持ち出しやがって、出てきてめえから連絡もよこさなかったくせに、バッタリ会ったら忘れてないアピールかよ」

兄弟の言い合いを横目に、俺はまっすぐに木村を見据えた。

「何の用か、わかってるよな木村」

続けて、ジャケットの襟首をねじり上げて確保しようとした瞬間、後ずさりした木村はバーゲートを跳び越え、脱兎のごとく逃走を図る。

まあ想定内だな。こいつには、面と向かって立ち向かえるような性根はない。走ってきて体のアップは終わってるし、ここまで来たら逃がす訳にはいかない。

「おい待てガキ」

一緒に追って来ようとした武村に、純ちゃんの先制攻撃が決まった。

「こっちはこっちの話しようぜ？　十、何年ぶりだろ？」

＊

バッティングセンターの打球がぶつかる金属音では掻き消せない音が裏手の路地には響いていた。駐車されている車の使用が〝あり〟になってたからな。

髪の毛掴んでドアミラーアタック、攻守が入れ替わるたびに大声を出すもんだから、当たり前の話。武村と純ちゃんの兄弟喧嘩はそれほど激しく、併設されたゲームセンターの入口にたむろしていたホストとぴえんみたいなのもギャラリーに駐車場まで来る始末。

「あんたもよお、もうアラフィフってやつだろ？　いつまでピンクと薬にこだわってんだよ。こんなこと言いたくねえけど、暴力一本でやってた兄貴のほうがまだ俺は好きだぜ。くっだらねえ。昔に義理かけた舎弟に守ってもらって、てめえは隠れてこそこそ。いいのかよ、それで！」

意外な話だけど、勝負は序盤、こんな啖呵を切った純ちゃんが一方的に勝ってたらしい。らしいってのは、ギャラリーとして見ていたサパーの店員の後日談だから、どこまで本当かわからねえけど。


ふたりが大立ち回りを演じていた時、俺はクラクションを掻き分けながら区役所通りを走る木村の背中を追っていた。還暦をとうに迎えたはずの木村の確保はめちゃめちゃ簡単で、バリアンリゾートの看板が見えた頃にはいつでも捕まえられる余力を残してたんだけど、人目が気になった俺は強力先行馬みたいな気分で木村との距離を維持していた。

すると木村が鬼王神社に逃げ込む素振りを見せた。正確に言うと、神社に入ろうと思ったものの逡巡《しゅんじゅん》したところを俺が引き込んだ形だ。

「お前、足も遅ぇくせによく走ったもんだなあ？」

これが漫画や映画なら、ここに伏兵がいるってパターンもある。だが、朝方の歌舞伎町には窮して逃げ込んだ先に救いなんてものはほとんどの場合、存在しない。

再度襟首を掴んで、雑な小足払いでやつをすっ転ばした。

「今の俺にこんなことして、後でどうなるか……」

定番の台詞は最後まで聞く必要がないと思って、力任せに木村の顔面を踏みつける。

「そうだよな。後でどうなるかってのは、俺が一番わかってるよ。希望的観測ってやつに期待して、俺は今こうなってるだろ？　じゃあてめえも後なんか残してもらえないのわかるよな。このカスが」

同じ数字を並べたナンバーのアルファードが、横断歩道に座り込む酔っ払いにクラクションを鳴らしていたその時。例のバッティングセンター裏の駐車場でも、固まった時計の針が動き出していた。

締めの一撃。フィニッシュになるはずの、膝をついた武村の側頭部を目がけた純のローキックは、上腕でガードされた。兄の意地とでも言おうか、気合のガードから足首を掴まれて純は転ばされる。

マウントを取って拳を振りかぶった武村。万事休すと思ったその瞬間、極限の緊張で張っていた筋肉が真上で大きく緩んだのを純は感じ取った。目は瞑っていたかもしれない。だが、同時に大きなため息が顔にかかるのを感じた。

「そうか。今の俺、そんなカッコよくねえかな」

「だせえよ、限りなく」

「どれくらいだ？」

「そうだなあ、あんたがよくバカにしてた落合2中のなんだっけ、あいつ。何度もあんたに締められてるのに、こそこそ女専門でシャブ売ってた……」

「芳賀《はが》？」

「そうだよ、あんたあいつみてえ」

武村は何かの線が切れたみたいにマウントを解くと、仰向けになって空を見上げた。そして大声を上げて笑い出した。

「芳賀ってお前、なんだよ。あいつまだ、ここらへんにいんのか？」

「いや、いないよ。黒羽かなんか行って、そのまま聞かなくなった。死んだか飛んだんじゃねえの？」

「死んだか飛んだ、な。俺もそう言われてたって聞いた、山上によ」

「死ぬか飛ぶかしろよぉあんたは」

気づけば純も空を見上げて星を見ていた。いや、この街では紙でも舐めずにシラフで星なんて見えやしない。人工衛星の類かもしれない。しかし、兄弟で同じ方向を見るのは団地で暮らしていた頃、上の階に住む被害妄想をこじらせた生活保護のオッサンの叫び声をBGMに一緒に寝ていた、あの時以来だ。

「デコから不良から金持ちの変態まで、結構な太いパイプあるんだけどなあ、このシノギ」

「あーあ、パイプとか言い出しちまったか、このバカタレは」

「なんだ？　乞食のチンピラが俺に意見すんのか？」

「昔のあんただったら死んでも言わなかった台詞だよそれ。ヤクザになっても無茶苦茶やって、それで破門になったあんたが人脈だのパイプだのみてえな話して。誰もが恐れた俺の兄貴じゃねえよ」

一瞬起き上がる素振りを見せた武村。だが、もう一度アスファルトに背をつけた。ゆっくりと。

「まあ、そう言われたらそうなのか。そういえば最近ケンカもしてねえ。山上に甘えすぎてたかもな」

語り合っていた最中、おそらくは地場の組織の酔客3人組が通りかかった。茶化すようにふたりに声をかける。

「おう酔っ払い、通行の邪魔になるからそこどけや」

ゲラゲラ笑いながら先頭を歩く男が通りすがるやいなや、武村は立ち上がって肩を掴んだ。

「今なんつった、あんちゃん？　酔っ払いはどけやら言ってたなあ？　もし俺が酔っぱらってなかったら、謝っていくらか置いてかねえといけねえよなあ？」

あの頃の武村の絡み方だった。何を反論されても、ああでもないこうでもないと因縁をつけ返し、キチガイのような演出をする。だが悲しいことに、今はその大前提として重要だった代紋や肩書きがない。

一瞬怯んだ集団も、謎に強気なこいつは何者なんだと勘繰っただけだったのだろう。いくつかの暴言のラリーがあった後に、武村はぶっ飛ばされていた。純の「おいやめろよ」なんて声も無視して。

しばらくすると、グリーンのフェンス越しに声を荒らげて駆け寄ってくる男たちが来た。リブマに置き去りにした山上一派だった。

「それ、うちの関係者やから」

山上のストップが入って、やっと終わったような状況だった。

山上も武村がもともと自分の組にいた人間で、ましてや兄貴分だったなんて話はしない。関係者を守りにきただけという体裁は崩さなかった。組は違えど同じ一家な訳で、話を預かるからいったん解散してくれというような内容で話がついた。

「兄さんダメですって。表出てガチャガチャしたらダメですって。あんだけ言うたでしょうが」

山上が武村に声をかける。それを見た純は堪えきれず突っかかる。

「なに言ってんだ。あんたがこいつを増長させたんだろ？　ぶち込まれて出てきて、大人しくカタギにしとけばよかったのによ」

血を分けた弟と義理の弟の間で始まった口論を、武村は諭すようになだめて言った。

「もういいんだ、山上。お前がずっと俺を気にしてくれていたのは誰よりもわかる。でももういいんだ、カタギやるよ。真っ当なよ」

＊

「真っ当にやるってどういう意味です？　兄さん」

明け方、空が漆黒から藍色に変わる頃。路上で押し殺した声を発したのは山上だった。

とうの昔に破門になった武村を陰で支えてきた弟分。その声が震えているのは、肌寒さのせいだけではない。吹っ切れた様子の武村はそんな山上を諭すように会話のボールを返す。

「疲れちまったのかな。別に商売に疲れた訳でも、裏稼業に疲れた訳でもない。そこそ後ろに隠れてるのが性に合わねえんだろうな」

「今さらそりゃないですよ兄さん。ヤクザは俺が頑張って、兄さんは裏方でこの仕事仕切っていくって。『ゼニ貯めてまたのし上がろう』言うてたじゃないですか」

「そりゃゼニは貯まったよ。けど俺たちってのし上がってるのか？　お前の役職はいくらか上がっただろうが、俺なんかいくらあっても結局ホテル暮らしだろ。この生活に飽きてきたのかもしれねえ」

兄貴分の心変わりを知ったのは初めてだった山上。だが簡単には諦めない。

「ここまで築いた組織を途中で放り出していい訳ないでしょうが。客だって政治家から警察まで根っこ張らせてたところやないですか。もうちょっと頑張って連中の金玉を数握れば、シノギの幅が広がって、上がりのゼロの数、いくつも増えるんですよ?」

純がいることなどおかまいなしの応酬だった。秘密裏に手を染めていた〝シノギ〟を隠そうともせず、武村の説得を試みる。だが、武村の毒気はすでに抜けている。

「今さらだがこのシノギ、ダサくねえか。最近商品にガキの女が多すぎるしよ。昔からやってたけど、なんだかなあって思ってたんだよ。まあ引き継ぎはすっから」

山上の表情が変わった。口をついて出る台詞にも侮蔑のニュアンスが多分に含まれていた。

「引き継ぎ?　何言うてんねんアンタ。この商売で出入口の顔が変わったら、どれだけの客がビビッて飛ぶかくらい、わかるでしょうが」

「アンタだあ?　そんな偉そうな口をいつから利けるようになったんだ、山上」

緊張感が高まるバッティングセンター前。ふたりの言い合いを気遣うかのように、その間だけ街の喧騒が消えているのを純は感じた。

応酬は平行線。シノギの中身は別として、話していることの筋は山上にあるような気がしないでもない。

ただ、いきなりキレるのと同じ数だけ、一瞬にして飽きて興味が別のことに移ってしまう兄も、何度となく見てきたこともある。今回も同じように、武村の飽き性が出た部分もあるだろう。決して、やってきたことを悔いて抜けようとしている訳ではないはずで、ましてや自分の説得のおかげでもない。罪悪感なんて1ミリも持たないまま、この商売に飽きたっていうのが一番大きいんじゃないか。

「なあ。引き継ぎどうこういうんだったら、あのハゲ、ほったらかしといていいのか？　スイッチ入っちまうと、何するかわからないぜ？　俺の相方はよ」

「知るかそんなもん。野郎こそ、いくらでも替え利くわ。だがまあ、そこらへんブラつかせてると引っ張られてサツに何言うかわからんからな」

そういうと山上はスマートフォンを取り出し、どこかに電話している。

「おう、おったか。すぐそこやないか」

スマートフォンをしまうと、山上は区役所通りに向けて歩き始めた。

鬼王神社では逆に、普段は静寂に包まれている空間が熱を帯びていた。

「おめえよお。あの時、なんで美香の動画バラまいたんだよ。あれ、報復のつもりだったのか？」

石灯籠《いしどうろう》の脇に木村の頭が強烈に叩きつけられた。じんわりと溢れ出す血を境内の土が吸い込んでいく様を見ていたのは、俺の他には賽銭箱脇に佇む狛犬だけだった。

「今さら『あれは俺じゃない』とか『わざとじゃない』って言ったって、どうせ信じないだろ？　答えを聞く前にここまでしてるやつが何を言ってんだ。もういいだろ？　これだけカマして気も済んだだろ？　あの頃と違って今は金があるから、いくらか包むから。それで終わりにしようよ」

「この期に及んでゼニでどうにかだ？　そんなもん、いくら積まれたって……」

美香は戻ってこない。そう言おうとしたが、あまりにも安っぽい気がしたから、口をつぐんだ。

紙切れ何枚集めたところで、失った命は戻らねえなんて当たり前のことは、今さら大きな声で言うものでもない。それも神様の前でな。厄を除き、福を授けるって鬼の王の名を持つ全国で唯一のお宮だ。ただ実際には厄ネタのこいつを取っ捕まえて締めたところで、福ってやつを授けてもらえるビジョンが湧かねえ。

「お前、あれからどうしてたんだ？　的にされて街からフケたはずのお前がどうしてこんなシノギできんだよ。まずはそこらへん、しっかりウタってもらわねえとな」

しゃべれと迫る俺は、喉を掴んで木村の気道を圧迫する。矛盾する行為を怒りに任せて木村にぶつけながら念を押す。

「勘違いすんなよ、木村。お前を殺して懲役行くか、サツにお前をロングぶち込んでもらってそれでどうにか我慢するか、俺もギリギリのとこなんだよ。キレちまいそうだから、とりあえず聞いたことだけはサクサク答えろ」

じっと、木村の目を睨みつけた。やつの鼻と触れるすれすれの距離まで顔を近づけて言う。木村は顔を背けながらこう答えた。

「そんなもん、見ての通りだよ。俺だってあの後はいろんな街を転々として、乞食みたいな暮らしをしてた。けどその俺がまた歌舞伎で女使った商売できてるんだから、そういうことだろ？」

「〝そういうこと〟じゃわかんねえから、聞いてんだろうが！」

ガツン。匂わせばかりをする木村に、拳を見舞った。

「それはわかってくれよ。嘘つかず全部話すけど、個人名とか出すと後々こっちもあれだろ？」

「てめえに後なんかねえって言ったろうよ！　やっぱヤるしかねえってことか？」

わかりやすく深呼吸をして、目の前に置かれた右拳を固く握る。

「そんな物騒なことやめてくれよ。謝るし、金だってつける。言っただろ？　それに、あの時の彼女にもずっと申し訳ないと思ってたんだ。報復に俺がデータ回しちゃったから、亡くなったって聞いてさ。どれだけ俺が反省していたか」

「そうかよ。あの時の彼女って、言うけどさ。名前なんて言う女？」

うつむく木村に言葉はない。

「何黙ってんだよ。名前だよ！　毎日懺悔してた相手の名前も言えないなんて、そんなことある訳ねえよなあ。やっぱりダメか。お前はここで……」

木村の右耳を左の手のひらで固く掴んだ。

「わかった。言うよ。もう察してると思うけど、山上さんだよ。ずいぶん前に川崎のカジノでばったり会ったんだ。すぐに取っ捕まってさ。武村さんも出てくるし、長い懲役行ったのはお前のせいでもあるから、また新宿で商売してゼニ作ってシノギの面倒見ろって。そんな話だよ。日銭で暮らすのにも疲れてたから、その話に乗ったんだ。また武村さんと絡むのは嫌だったけど、出てきたら丸くなっててさ。それでまあ……」

それで始めたシノギが未成年売春シンジケートっていうんじゃ、やっぱりこいつには救える要素が一切ない。口から出まかせだとわかってはいたが、さっきの美香への懺悔の念が少しでも本当ならとも考えた。けど、こいつがやってることはあの時よりもタチが悪い。

　別に俺も正義の味方なんかじゃない。街に集まったガキの女がヅケられて売られて動画撮られて。そんなことに義憤を感じて怒る立場でもない。ただ少なくともコイツがあの頃と同様にそのシノギをやり続けているのなら、それは俺だけでなく、美沓への重大な冒涜だろう。簡単に言うと、舐めてんだよ、こいつは。俺たちを。俺たちってのは、俺と、昔の女だ。そうだろ？

　そして俺は舐められるのが嫌いなんだ。特に、こんなゲスな野郎には。

「なあ。山上だ唐仁組と言ったところで、今の俺は止められないぜ」

＊

　境内では、一方的な暴力が壊れたパチンコ台みたいに連チャンしていた。すでに戦意を無くした木村は地面に転がったまま防戦一方で顔をガードするが、その上から容赦なく拳を振り下ろす。

「どうだ。まだ助かろうって腹なのか？　木村のオッサンよ」

すでに木村の顔は赤黒く腫れていて、目もだいぶ塞がっているような状況だ。

「やめてくれ。もう気済んだだろ」

「そうだな。お前がもっとマシな懺悔でもしてくれてれば、ここらが頃合いだったかもしれねえが」

もう一発、叩きつける。


美香の顔が頭をよぎった。この暴力を肯定するでも否定するでもなく、ただ笑っていた。一緒に住み始めた頃と同じように。


あいつのために怒っているのか、あの時、何もできなかった自分への怒りなのか。それとも純粋にこいつが憎いのか。怒りの震源地がもはや自分でもわからなくなっている。この衝動は、行きつくところまで行かないと収まりそうにない。

この俺のちっぽけな脳みそにずっとかかっていた靄《もや》を晴らすように、最後の一撃を振りかぶったその刹那。

追い詰められた木村のオッサンの動きが、スローモーションになって見えた。何かを叫びながら俺がまったく想定していなかったほうへと駆け出していったやつは、足をもつれさせながら区役所通りを右に出て職安通りへ向かって飛び出していく。次に聞こえてきたのは、タイヤがアスファルトを擦る嫌な音だった。3、4秒続いたかと思ったら、ドンッという衝撃音。木村がゴミ収集車に撥ねられた。焦った運転手がバックに入れたもんだから、ちょうど頭を二往復。本来、気合の入った当たり屋だったら飛び込んでいってもおかしくないくらいのスピードだったのに、それでもこんな大惨事になるとは。

朝方とはいえ、人の往来がいくらかある歌舞伎町ではスマホを持ったギャラリーが集まっていた。それを他人事のように眺めていると、突然声をかけられた。

「やってもうたのお。木村、ピクリとも動いとらんやないか。お前が殺ったようなもんや。こりゃもう、実刑やな」

山上だった。バッティングセンター裏の諍いを休戦してこちらの様子を見に来たようだ。少し離れて顔を腫らした純ちゃんと武村も見える。

山上が言うように、道路に転がった木村のオッサンの息が絶えているのは明白だった。純ちゃんがすかさずフォローする。

「大丈夫だって、リーくん。ここらへんは、星の数ほどカメラついてるんだから。こいつが逃げて勝手に轢かれたってことくらい、わかるよ。見てたぜ、俺も」

ここから逃げるという選択肢は不思議となかった。もうパトカーはすぐそこのセブンの前まで来ていたけど、ダッシュで逃げて事務所に寄って、有り金鞄に詰めて、しばらくガラかわすってのもそう難易度は高くなかったはずだが。

純ちゃんの言うように傷害だけだろうと高をくくっていた訳でもない。木村に対して「死にてえのか？」くらいのことは吠えていたし、タコ殴りにしていた最中、俺から逃げるために飛び出した先でこうなったんだからな。捉えようによっちゃ、傷害致死まで見える話だ。関連付けられて当たり前だろう。

しかし俺だけバックレたんじゃ、ゴミ収集車のオッサンに申し訳が立たねえ。見ろよ。頭を抱えてパニックになってる。

「呆気ねえなあ。ほらよ、山上。相方もこれじゃ、もう引き継ぎもいらねえか」

武村にそう言われた山上だったが、俺たちをじろりと舐め回すように見てから吐き捨てるように言った。

「まあええわ。ボルトナットがひとつふたつなくなったくらい。その代わり、おのれら次からぎっちり行くからな。もう俺と甘い付き合いできると思うなよ」

敬意のかけらもない物言いに、武村が突っかかる。

「ボルトって山上てめえ。人を駒みてえに、舐めやがって」

「そうやろ。人間収まるべきところがある。外れたネジがそれだけで何ができるんですか、兄さん。アンタが教えてくれたことやないですか？　しっかり先まで筋書作っておいたのに、そんなボンクラに感化されて。悲しい話ですよ」

「じゃあよ。結局アンタの金儲けの部品だったってこと？　木村も、兄貴でさえも」

武村と山上の会話に割って入ったのは純ちゃんだった。その眼には非難の色が濃く出ている。

「人聞き悪い。あんな変態と、この暴力一本だった兄さん、それと誰からも必要とされていないようなガキども。放っておいたらどうにもならんところを俺が適材適所で組み立てただけの話だろうが。感謝してほしいくらいの話よ」


俺や純ちゃんの怒りが沸点に達しかけた時、冷や水がかかった。事故の一報を聞いて駆けつけてきた青い制服。朝方、こんな時間でも、ものの5分で現場に来るんだから、ご苦労様ってやつだ。

ただならぬ雰囲気の俺たちの気配を察しながらも、制服は努めて冷静に聞いてきた。

「目撃者の方ですか？」

「見てわかるだろ？　事故で渋滞が起きてて困ってるだけ。それが俺の車よ」

いつの間にか区役所通り沿いに山上のアルファードが到着していた。ハンドルを握る若い者の眼光が鋭く光っている。

「こっちはフケるからよ。もう俺と会わないように祈っておけや」

小さく、それでも威圧するように耳打ちしながら山上は去っていった。

「兄貴も面倒だからフケちまえよ」

純ちゃんが武村に発する。突然人がいなくなっていく俺たちを、制服は怪訝な顔で見つめている。

こっちに近づいてこようとする純ちゃんに、ジェスチャーで散れと合図を出した。まあ合図と呼べるものではないか。顎と手で、職安通りのほうを何度も指しただけ。

それと、伝わったかは別として、口にチャックする仕草をした。純ちゃんはしきりにうなずいていたが、これは「カンモクするからしばらくガラかわしておけ」って意味だったけど、あいつ、「調べ受けた際に黙っておけ」って意味と勘違いしてそうなのが少し不安だ。

まあパクられるのは別にいいんだ。木村に会っちまったら、どうにかしないといけないなって、あれからずっと心の根っこで思っていたことが、その通りになったってだけだ。朝方、歌舞伎町のゴミ収集車に轢かれて仏になるなんて、実際、あいつにはお似合いっちゃお似合いだよ。

あの日の宝燈の明かりも、きっとこの朝方を照らしていた。いや、もっと前からの因縁だろうか。

「署まで同行、願えますか」

現逮とはならなかった。ただ、話を聞かせてくれって流れで新宿署に連行されることになった。

野郎が死んだら、そういえば被害届ってどうなるんだろう。傷害って親告罪だったかどうだったか。野郎が動かないまま救急車に乗せられるのをパトカーの中でぼんやりと見ていた。

＊

これで良かったのか。まあ意地を通した結果だしな。でも、もっとうまいことやれたはずだろ？　いや、包まれたゼニなんかで片づけたらそれこそな。

長いのかな？　ロングになったら何しようか。いやそんなに長くはならないか。そういや、依頼を受けてた仕事がいくつかあったな。外の世界は今、どうなってんだろうか――。

留置の初日は考え事ばかりだった。こんなところで何を考えたところで正直、どうにもならないんだけど、消灯されちまうと何もやることがねえ。眠気が来る気配なんてのもミクロンもない。俺の生活サイクルってやつとは時計の短針が手前に90度ズレたようなもので、寝付くまでの時間は考え事くらいしかすることがない、ってのが表現としては正しいか。

調べでは、ゴミ収集車に轢かれて死んだ木村のことはそんなに聞かれない。それよりも、刑事は俺と木村を取り巻く背景事情について詳しく話せと、雑談では周囲を深掘りするような質問のほうがよっぽど多かった。

木村に暴行を加えたことは、初日の調べでも地検の検事調べでもすぐに認めた。動機に関しては「昔の女にひどいことをされて、ずっと恨みに思っていた」と。それだけ。

その昔の彼女ってのの名前を教えろってのは拒否。言いたくないけど、昔の女だと。どんなことがあって恨んでいたのかという質問にも、「それは言いたくない」と一部軽い黙秘。一部カンモク。そんなかんじなのかな。

昔の事件のことも、ここ1週間でのトー横潜入から連なる出来事についても、刑事は雑談の中で根気よくあれこれ聞いてきたが、それに対して口を開くことはなかった。取り調べ室の天井の網目に、架空の迷路を作ってそれでずっと遊んでいた。

接見の弁護士は、消灯後の中途半端な時間に来ることが多い。純ちゃんと俺が適当な示談などによく使っていたチンピラ弁護士の草薙《くさなぎ》だ。

懲戒常連のやつだけど、接見中にリアルタイムでメッセージアプリを使って外と中継してくれるところが唯一の売りだ。全身ヴィトンで着飾って、夜な夜なキャバクラ巡りに精を出す。ホスラブなんかに悪口を書かれているキャバ嬢に開示請求の営業をして着手金をぼったくっている、とんでもないやつだ。

「安くやってやるから、同伴セックスさせてよ」

と持ち掛けるなんて噂を聞いたことも一度や二度ではないくらい、草薙はとにかく素行が悪い。

だが、現行犯逮捕で連れてこられてしまった場合、パクられる準備ってものもできてないから、こっちの調べの内容、外の状況、これらを迅速に答え合わせするには、こいつが一番都合がいい。腕は、どうなんだろうな。無罪を2回とったことがあるというが、嘘なのか本当なのか。

検事調べに行って今回の件はどこまでいっても傷害だって感触は掴んだし、まともなセンセをもうひとり選任するって話も考えなくなっていた。ガラス越しに草薙は俺に問う。

「どう？　今日調べあったでしょ。こっちは2日目のガサからなんにも動きないよ。小さいパケにマリファナが少し入ってたらしいけど、ガサ前にそういった類はすべてサルベージして下水に廃棄してあるって。お友達らが何人かでリーくんの部屋に行って何時間も大掃除もしたらしいよ。その後のガサだから、さすがになんも出てこないんじゃないかな」

「そいつは助かる。で、純ちゃん。ちゃんとガラかわしてるの？」

「まあ、そもそもあっちに札は出そうにないと思うけど。一応かわしてるって。かわしてるって言っても池袋のホテルにいるだけなんだけどね」

池袋のホテルは、果たしてガラをかわしたことになるのか。まあ、見つからなければかわしたことになるし、札が出た時に捕まるようなら、たとえ離島に隠れていても同じだ。何か根拠があっての池袋選択ならいいが。

「まあでもこれ、派生はないような気がするよ。だってリーくん、黙秘してるんでしょ？　話をヤクザまで広げたそうだけど、木村さんの事件との因果関係なんて裏付け取れないいんじゃないかな」

まあたしかに新宿署の連中からしたら、不良はやりたそう。あの場になんで唐仁組の人間いたんだ、ってしつこいもんな。

草薙に聞くと、山上は通常営業でそこらへんを歩いているらしいし、武村も純ちゃんに連絡先を聞いて草薙に電話をしてきたそうだ。その内容は、「サツはこの件をそんなに深掘りしないはずだ」と。そういえば、未成年売春クラブの客に警察関係者や政治家がいるだなんだって話も出てたもんな。あながちパピーパパだっけか？　やつの妄想も間違ってなかったことになる。

しかし、そんなことを言っても現場では「あれは誰だ？　どういうシノギをしてるんだ？」としつこく聞かれているのも事実なわけで、10日目で延長拘留を打たれた後も、油断はせずにしっかりと黙秘を続けた。

おそらく、起訴になるだろう。あれだけ外傷もあって、こっちが一方的に暴力を振るっていたわけだし、不起訴になるわけはないとわかりきっていたことでもある。

だが、不思議と後悔はない。

ほとんど黙秘で身上調書はおろか、いることにされている共犯者についても何もしゃべってないんだから、保釈も通る見込みがないと草薙に言われた。となると、拘置所暮らしか。やること何もねえんだろうな。

美香と俺のこと、そしてさまざまな意思が交錯するこの街の澱《よど》んだ泥の中で、それでも蓮の花を咲かせたかった、この悲劇なのか喜劇なのかわからないような人生を、差し入れにもらったこのノートに書き記して時間を潰すってのはどうだ?

雨が入るタイトルがいいな。

だってあの日も雨が降っていたから。

デパスにエリミン、ロヒプノール。しょうもないお土産を小さなカバンに詰めて、それでも遊園地の帰りみたいに歩いていた。

小雨がパラパラと降っていて、傘はささずに。何度も通った、あのクリニックの帰り道。

お前はずっと笑っていてさ。

あれには健忘症の副作用があったはずなのに、何も考えずに毎日を過ごしたあの頃の記憶が、焼き付いて動かなくなったエンジンみたいに鮮烈に刻まれている。

雨が降るたびにそいつを思い出しては、タバコの煙と一緒に吐き出して、かき消して。

だがそれももう終わりだな。

さすがにこいつをもって、あれからの十数年に「。」をつけてもいいだろう。

人生ってやつはどこかで句点をつけないと、それに縛られただけのものになっちまう。

今のところはまだ、棘が抜けた気なんて全然しないけど、ここからは時間とともにえぐれた肉も埋まっていくはずだ。

タイトルはそうだな。「飛鳥クリニックは今日も雨」。これでどうよ。

飛鳥クリニックは今日も雨

エピローグ

脛に傷のあるやつばかり集まる例の煙たい雑居ビル。主を失ったその一室では、洋服や下着、雑誌に本を所狭しと並べて袋詰めにする兄弟の姿があった。

「あとなんだっけ。ロンTだろ？　それとくるぶしソックス。こりゃ目立つように柄物入れちまうか。それと、ええと……」

忙しく作業する純とは対照的に、大股開きでソファに座った武村はソーシャルゲームに熱中している。

「ああもう、音がうるせえ。気が散るから音消すかイヤホンにしてくれよ。だいたいなんでアンタ、こんなとこにいるんだ？　木村が死んで、リーくんもこんな状況なのに」

「そりゃあお前、こっちの案件は事件になってないからだよ。女ひとり死んだ訳でも、客がパクられた訳でもないからよお。新宿署にも客のデカいるし、もしもの時はあっちが冷や汗かくんじゃねえの」

どうやら、武村と山上は「この件ではパクられない」という強い自信がありそうだ。なんなら所轄には鼻薬を嗅がせているから大丈夫だ的なことまで言っている。

「しばらく弟の授業参観でもさせてくれよ。ちょっとしたら、そうだな。お袋にゼニでも渡して、旅にでも出るよ。あ、口座には入れるなってお前がちゃんと言っておけよ？」

「母ちゃんがそんな汚いゼニ受け取るわけねえだろうが。まったく何をとち狂ってやがんだ」

純はそう言ったものの、では自分が仕送りしている金はなんなんだと思った。このゴミ溜めのような街で自分が稼ぐ金は、世間的ないい悪いで言ったら〝悪い〟ものの方が多いかもしれない。

それでもシャブと未成年だけはダメ、弱いやつからの恐喝はダメ、タタキと詐欺はダメ。誰もが自分だけのルールに則《のっと》って生きている。ルールがないやつも、たくさんいる。


この前、母親に渡した金は、詐欺師をとっ捕まえて切り取ったものだ。人に文句を言えたものかと逡巡したのは事実だが、それでも再度、言葉を重ねた。

「法律違反は別にいいんだ。守るのも破るのも、個人の自由。でも仁義に外れるってのはダメだろ」

「なんだあ？　ヤクザやってた俺にお前が仁義を語るのかよ？　その分じゃあ、お前もろくなゼニ、お袋に入れてねえんだな」

　純の電話が鳴る。

「あ、マサキさんか。接見行ったセンセ、なんだって？」

　難しくてもいいから、なるべく分厚くて長い本のオーダーだった。

　しばらくすると、「長い本は飽きた、漫画を送ってくれ」。

『嘘喰い』『代紋TAKE2』から始まって、その1週間後には、「分厚いほうのドラゴンボール」と鳩が飛んで来た。するとその数日後には、「やっぱり司馬遼太郎の長いやつがいい」だの。まあ中は暇だろうなと考えながら、純は週刊誌の袋とじを器用にナイフで開けた。


　街でおそらくパチモンであろうモンクレールのダウンジャケットを着ているやつをチラホラと見かけるようになった頃。

　開く時はスムーズなのに、閉める時は右下を強くグリップしないとけたたましい音が鳴るボロ窓を開きながら、純は考えていた。

　パチモンは精一杯の虚勢なんだ。この街はまるで「こんな自分になりたい」ってやつらの見本市だな。なんて、やけに詩的なことを思いつく自分が、まるで今いない相棒が乗り移った気になったりした。

さて、その娑婆にいない張本人が迎えた最後の満期。どれで起訴されるかと待ち構えていたものの、結果は天井を覚悟していた矢先に引いたバケみたいなもんだったって話。

もう師走にスーパーリーチっていう11月の下旬。俺にその日が来た。再逮続きで拘置所送りにはならず、新宿署で釈放されたんだ。

「リーくん、持ってるな。不起訴ってやばくねえか」

「持ってるどころの話じゃねえよ。センセのおかげって訳でもないみたい。また謎のヒキ使っちまった。前からあんだよな、こういうの」

別件の再逮捕は二度ほどされた。マリファナは出てくるし、相談ベースだったはずのキリトリ相手との話も脅迫だの恐喝だのって。

あれだけ掃除したってはずの事務所からも小分けのパケが出てきて、まあそれは起訴量に満たない大麻の欠片《かけら》だったけど、ずいぶんデコにはカマされた。

それでもパイだったのはカンモクが効いたらしい。「こいつやってんだろうな」

ってどんなに思われても、木村が走って逃げたのはあいつの意思であって、そこに俺の影響はさほど介在してないってのがひとつ。殺してやろうくらいに思ってたのは事実だけど、まさか俺だってあいつが逃げるとか、ましてその先で車に轢かれるなんて思っちゃいなかったし、第一、逃げるように仕向けたわけでもない。

「俺が追い込んだから、木村は殺されると思って逃げたんです」

なんてこともアゴトリでは一切話してないわけだから、傷害致死はさすがに無理筋だろうと。大麻や恐喝で再逮捕を繰り返したものの、相手方も後ろめたいことしかないような連中だ。証言に信憑性はないし、公判維持できないってんで検事が避けたんじゃないかって。

証拠が薄い自白しかなかったことも大きかったそうだ。詳細な自白とそれを裏付ける証拠、たとえば目撃者の証言や防犯カメラの映像なんかが一切なかったのもラッキーだった。そんなことを弁護士の草薙は言ってた。

見た顔のお迎えはたくさんいた。引き屋の佐野や、その手下の花道通りの連中、1回デートした名前も忘れたなんとかちゃんに、団地からのツレたち。いまだにバイやってる西本くんも。カズくんは、「わ」ナンバーのレンタカーの中から手を振っていた。

お祝いとは真逆の意味だろうが、反対車線にはもともとは武村の舎弟で、今は山上にくっついている唐仁組のショウゴがパシャパシャと写真を撮っていた。

拘置所保釈だったらこうはならなかったろうな。再逮、再逮で待遇のいい新宿署に置いてくれた国家権力には感謝だ。

ずっとタバコ吸いたいって思ってた。濃いやつを思いきり吸い込んで、立ち眩みでもしてえなってよ。マサキさんから差し出されたそいつに火を点けてもらおうとすると、雨が降ってきた。

歩きかけた時、根元まで燃えたハイライトを俺は親指と中指の間に挟み、対向車線まで飛ばそうとした。まるでロボットみてえにこっちにカメラを向けてる唐仁組のあいつらに吸い殻をぶつけてやろうって。でも、それはやめたんだ。

あいつがおっきな声で、

「この人、ポイ捨てしてますよ〜」

って言う気がしたから。

もう秋も終わるってのに、夕立だよ。お前がそこまでするってんなら、俺もなりたかった自分になるしかない。お前がそうあってほしかった、かもしれない俺に。

もらいタバコの火は雨で消えて、そいつを握りつぶした俺は久しぶりに履いたデニムのポケットに手放した。天気予報なんか当てにならねえ。それでも俺たちは何かに縋《すが》って今日を生きている。

「なあ。お前ら傘とか車とか、ねえの？　あっちの不良みてえによ」

でも、まあいいや。「いいことがあった日に傘なんかさしてたらダメだよ」。あいつはそう言ってたからな。

いつだって雨が降っていやがる。

大事な用事で玄関を開けた朝。

晴れない心の中。

今日こそは学校へ行こうって決めた新学期。

でもいいんだ。止まない雨はないって、河川敷に捨てられたエロ本くらいに使い込まれたフレーズを今こそ使いたい。

歌舞伎町は今日も雨だぜ。明日は、どうなる?

あとがき

ありがとう、全国の半グレ。ヤクザ。それを辞めたやつら。

人とはちょっと違うことにコンプレックスを持っているやつ。

「今、なんの仕事してるの？」

って聞かれた時に、素直に言えないやつ。

本名を隠して生きているやつらに、バレたら終わりの過去を背負っているやつ。

どうして俺ばっかりって。世の中恨んでいるやつ。

それでも一発キメてやろうってスレスレやっちまったやつ。

一度や二度パクられたことで、自己否定しているやつ。

認めてもらえなくて、悪に自己実現を求めちまったやつ。

他にもそうだな、ポン中に大麻ハマりすぎて合法活動するくらいに飛んじまったやつ。たまにハナキメてやけに強気になっちまうそこのお前に、我慢できないとすぐ手が出ちまう傷害累犯のそこのお前。それでも、俺の言葉に何かを感じてくれた人たち。ありがとう。

こんなチンピラ、本にしてくれた扶桑社・浜田。初期に挿絵を描いてくれた迫稔雄先生。ＰＯＰを書いてくれた作家の鈴木涼美さん。それでいうと、漢くんもありがとうございます。戸塚署で面会に行った時にカマしてくれたフリースタイル、一生忘れません。

まあでもやっぱり編集浜田かな。こいつ、俺の担当やったせいで名前がメジャーになっちまって、昔大麻でパクられたの叩かれてるんだよな。

馬鹿だなあ、お前らは。浜田が吸った大麻なんて1から100でいったら18くらいのもんだよ。俺は76だ。ＲＹＫＥＹは92。漢くんは98。そういうことだよ。

要はやらかしたこと。犯罪のレベルと、そいつを行ったやつとの対比で世の中は見ている。浜田がＳＰＡ！副編集長なのに、大麻でパクられていたら騒がれる。だけど、ＲＹＫＥＹの歌詞にあるように、

「漢くんがシャブで捕まったからどうした　次の作品がただ楽しみなだけだ」

ってな。そんなかんじだよ、俺も。

やっちまったやつがいた時って、お前らどうしてんの？　俺は、やっちまったからには次すげえ深いんだろうなって、思ってる。だってそうだろ。しゃがんだほうが高く飛べるんだぜ。

そんなこともわからねえで、しゃがんで頭抱えているやつらに、ガードポジショ

ンしか取ってないやつらに、石ばっか投げてお前らどうすんだ。俺なんかよ、ポンコツもいいとこだよ。ほぼ自伝のこの作品を読んでくれたみんななら、わかるだろ。ゴミでもクズでもいいよ。でもそれって世の中にあった何かの切れっぱしなんだぜ。切れっぱしのしょうもない言い訳が小説になって、いつか作品になって、そんなことが形になる世の中なら、別に捨てたもんじゃねえなって。そんなことを考えながら、あとがきを書いている。

今さら人に褒められたんじゃ、設定が崩れるから。駐車禁止エリアに30Zを停めて、飲酒はしてないけど、それなりにキメて。今、あとがきを書いている。

ありがとう、扶桑社。週刊SPA!。そして浜田盛太郎。俺をベストセラー作家にしたということは、浜田も過去のリフレインは覚悟のうえということだ。それを覚悟してこんなにプロモーションしてくれた。それだけがありがたい。

でも浜ちゃんよ。俺は残念ながら、不起訴4発しかないんだわ。最後の最後でパイになるのが俺。浜ちゃんは起訴されたよな。でも、そんなことがあったから、俺たち売れたんだと思うよ。だってドラマになるんだぜ、これ。信じられないだろ。

でも本当なんだな、これが。最後に。俺の担当編集が元犯罪者だと知らずに「こいつSPA!の副編集長なんです」って言って紹介してしまい、表紙を描いてくれた迫先生。申し訳ありません。「嘘喰い」大好きです。伽羅が好きです。

あと、リアルな仲間たち。俺に文句言えるやついねえだろうけど、名前文字られて本当に困ってるなら言って来いよ。まあ無理だろうな、お前らには。

Z李
座右の銘は「給我一個機会，讓我再一次証明自己」。経歴不詳、
表と裏の境界線上にいるインフルエンサー。X（旧Twitter）の
フォロワー約81万人超。週刊SPA!にて同名小説を連載していた。

飛鳥クリニックは今日も雨 下

発行日　2023年10月30日　初版第1刷発行

著　者　Z李
発行者　小池英彦
発行所　株式会社 扶桑社
〒105-8070
東京都港区芝浦1-1-1　浜松町ビルディング
電話　03-6368-8875（編集）
03-6368-8891（郵便室）
www.fusosha.co.jp

装　丁　小口翔平＋畑中茜（tobufune）
カバーコラージュ　Q-TA
撮　影　グレート・ザ・歌舞伎町
DTP制作　株式会社Office SASAI
印刷・製本　図書印刷株式会社
編　集　浜田盛太郎

　ISBN 978-4-594-09443-0